사람을 남기는 사람

남기고 싶은 나의 사람,

_____ 님께

이 책의 독서토론지는 마름모 출판사 블로그에서 다운받으실 수 있습니다.
blog.naver.com/marmmopress

사람을 남기는 사람

삶을 재구성하는
관계의 법칙

정지우

마름모

프롤로그

　누구나 자신의 어린 시절을 특별하게 생각하듯 내게도 그런 점이 몇 가지 있다. 그중 하나는 내가 '매년' 달라지는 아이였다는 점이다. 마치 '지킬 박사와 하이드'처럼, 한 해에 지킬 박사였다면 다음 해에는 하이드였다. 그러고 나면 다시 다음 해에는 지킬 박사가 되었다. 물론 지킬 박사와 하이드처럼 극단적이진 않았지만 내 개인사적인 차원에서는 그 정도의 극단적인 변화가 있다고 느꼈다.

　가령 일곱 살 때 나는 햇님반 골목대장을 자처하며 부하들을 거느리고 옆반의 달님반 두목과 싸웠다. 달님반 두목이 내 부하 한 명을 괴롭혔다는 얘기를 듣고 놀이터에서 미끄럼틀을 타고 있는 달님반 두목을 찾아가 얼굴을 꼬집었다. 어머니는 달님반 두목의 어머니에게 사죄하며 레고와 연고를 사주었다. 그런데 다음 해에 초등학교에 입학하면서 나는 이상하게 약간 소외된 아이처럼 반 구석에서 지냈다.

　이런 일이 이후에도 내내 반복되었다. 한 해에는

일종의 골목대장처럼 반에서 많은 친구들에 둘러싸여 내가 원하는 대로 놀며 지냈다면, 다음 해에는 자발적 왕따 혹은 '은따' 비슷하게 혼자서 조용히 지내곤 했다. 당시에는 이러한 반복이 그렇게 이상하게 느껴지진 않았지만, 스무 살 무렵 학창 시절을 돌아보다가 나의 이 이상한 관계 패턴을 발견하게 되었다.

학창 시절만큼 명료하진 않았지만 20대에도 비슷한 일들은 이어졌다. 어느 때에는 대학에서 독서회를 만들어 많은 후배들을 데리고 단체 생활을 즐겼다가, 어느 해에는 혼자 고립되어 도서관만 드나드는 걸 좋아하기도 했다. 타인과 관계에 대한 이런 다소간의 혼란은 결혼을 하며 내 삶의 확고부동하고 중심적인 관계들이 하나씩 만들어지기 전까지 계속 이어졌다.

내가 관계에 대한 글들을 본격적으로 쓰기 시작하고, 책으로까지 써야겠다고 마음먹은 건 관계의 안정기에 조금씩 접어들면서였다. 사실 그 이전까지 나의 거의 모든 관계는 추풍낙엽처럼 흩어져 사라졌다. 매년 나도 모를 혼란을 반복하는 동안, 내게는 오랜 우정을 쌓은 진정한 관계랄 것이 거의 남지 않았다. 시절마다 친하게 지낸 사람들은 있었지만, 어느 날 나는 그런 사람들과도 거의 연락을 단절한 채 혼자만의 골방으로 들어가곤 했다.

그러면서 나는 이것이 우리 시대의 당연한 관계 맺기의 방식이 아닐까 생각했다. 흔히 이웃 공동체가 붕괴되고, 가깝고 진득한 관계들이 사라지며, 대신 남는 건 SNS 속 느슨한 네트워크나 온라인 커뮤니티 속 익명과 닉네임의 관계밖에 없다는 게 쉽게 접할 수 있는 시대 진단이니 말이다. 나는 그냥 시대가 개인주의적이고 각자도생으로 변한 거겠거니 생각하기도 했지만, 엄밀히 따지면 이것은 시대 문제가 아니라 내가 한글을 읽고 쓰기 시작할 무렵부터 시작된 나 자신의 고질적이고도 고유한 어떤 문제였다.

그래서 나는 관계에 대해 쓸 마음을 먹을 수 있었다. 말하자면 내가 처음부터 관계가 너무 자연스러운 사람이었다면 굳이 관계에 대해 쓸 이유도 없고, 마음도 없었을 것이다. 우리는 매일 자연스럽게 누리고 있는 것들에 대해서는 굳이 쓸 생각을 하지 않는다. 글쓰기가 필요할 때는 어떤 균열이 일어날 때다. 관계는 내 인생에 존재한 최대의 균열이었다고 할 수 있다. 나는 내 인생에서 가장 큰 상처가 되었던 순간들에 대해 기억한다. 가령 고등학생 시절 내 앞에서는 그렇게 내게 잘해주던 어떤 친구가 알고 봤더니 뒤에서는 내 욕을 하고 다니며 나를 왕따시킬 음모를 꾸미고 있었다는 걸 알게 되었을 때, 나는 당시까지의 삶에서 가장 큰 충격을 받았다.

그래서 이제 와 관계에 대해 이야기하겠다는 것은 내게 어떤 극복에 관해 이야기하겠다는 것과 같다. 나는 관계에서 숱한 실패를 한 사람이다. 그러나 그런 숱한 실패들을 딛고 이제는 관계의 가치를 알면서, 좋은 관계들을 만들어가는 일에 내 나름의 방식으로 최선을 다하고 애쓰는 입장에 있다. 그 덕분인지 주위에 좋은 관계들이 생기고 있다고 믿는다. 나아가 여러 관계들 속에서 어떻게 나의 중심을 잡고 살아가야 할지에 관해서도 내 나름의 앎을 지니게 되었다고 믿는다.

우리는 누구나 때론 관계를 지긋지긋해하며 고립을 바랐다가도, 금세 외로워져 그 누군가를 찾도록 만들어져 있다. 타인이야말로 인간이 벗어날 수 없는 가장 근본적인 '조건'이라는 사실은 우리가 관계와 관련하여 겪는 여러 문제들이 운명적이라는 점을 알려준다. 많은 작가들이 현실의 타인들이 버거워 골방으로 도망가지만, 결국 골방에서 찾는 것도 백지 너머에서 내 글을 읽어줄 어떤 타인이다.

이 책은 그렇게 수많은 시행착오와 여러 곤란들을 겪어오면서 관계에 대해 내가 정립하게 된 여러 생각들을 담고 있다. 관계에 대해 느낀 최대한의 진심을 이 글들 속에 담고자 했다. 그 진심이 당신에게 가 닿길 바라본다. 나처럼 관계에 대해 많은 고민을 하며 살아온

분들에게 이 책이 한 줌 도움이 되길 바라본다.

　이 책의 마지막에는 그런 나의 '관계 맺기'의 한 증언이라고 할 수 있는 인터뷰들이 실려 있다. 나는 좋은 관계 맺기의 일환으로 주변 사람들을 찾아 나서며 인터뷰를 했다. 그들의 이야기를 경청하며 다시 글로 써내는 동안, 나는 그들과 참으로 소중한 관계 맺기의 방식을 실현할 수 있었다는 데 감사한 마음이 들었다.

　나아가 이 책을 만드는 일 또한 내게는 한 '관계 맺기의 실현'이기도 했다. 이 책의 편집자이자 마름모 출판사 고우리 대표와의 인연은 2020년쯤으로 거슬러 올라간다. 처음 그와 함께 《인스타그램에는 절망이 없다》를 출간한 뒤로 그는 몇 번 출판사를 옮겼지만, 그와의 인연이 이어지며 《우리는 글쓰기를 너무 심각하게 생각하지》, 《이제는 알아야 할 저작권법》, 《돈 말고 무엇을 갖고 있는가》 등 내 인생의 가장 중요한 책들을 함께 만들어왔다. 심지어 나는 그의 책 《편집자의 사생활》에 추천사를 쓰기도 했으니 참으로 값진 인연을 이어온 셈이다. 그런 점에서 내 관계 맺기의 증언집과도 같은 이 책을 나는 진심을 담아 이 세상에 내어놓을 수밖에 없다.

차례

1.　'나'라는 중심
관계의 기초

2.　타인을 있는 그대로 바라보려면
관계의 시작

3. 다정함은 상호적인 것이다
관계의 원리

4. 오래 함께하기로 한 사람이 곁에 있다면
관계의 깊이

5. 어떤 '벽'은 필요하다
관계에서 나를 지키기

6. 더 깊은 삶으로
관계의 목적

부록

타인이라는 깊이
인터뷰

1.

'나'라는 중심

관계의 기초

나에게는 경쟁자가 없다

나는 스스로 세상을 바꿀 만한 사람은 아니라고 생각한다. 그렇기에, 세상을 바꿀 재주가 없기 때문에 삶을 바꾸고자 한다. 나아가 내 삶이 발 딛고 있는 나의 문화를 바꾸려 한다. 그 문화를 함께 만들어갈 사람들의 손을 붙잡으려 한다. 그러기 위해 계속 나름의 중심을 지키며 이 삶과 문화를 이어나가고자 애쓴다. 사실상 그것이 내가 삶에서 할 수 있는 일의 거의 전부라 느낀다.

그래서인지 언제부터인가 나에게는 경쟁 상대라는 개념이 거의 사라졌다. 물론 가끔 이직을 해야 할 때나 공연 예매를 해야 할 때는 경쟁자들이 있지만, 보통의 일상에서는 경쟁한다고 느낄 만한 상대가 없다. 그저 나는 내가 생각하는 좋은 삶을 살고자 애쓰고 그렇게 나의 문화를 만들고자 노력할 뿐, 그런 것으로 누구를 이겨먹을 일도, 누구한테 져서 분할 일도 딱히 없다.

이를테면 내 책이 동년배의 다른 작가들의 책보다 덜 팔린다고 해서 딱히 진 것도 아니고, 시기할 일도 아니라고 생각한다. 오히려 나는 그저 나의 글을 계속

쓸 뿐이고, 내 글을 의미 있게 읽어주는 사람이 있다는
데 감사할 뿐이다. 그런 사람이 많아지면 조금 더 감사
할 일일 테고, 적어진다면 약간 아쉬울 일이리라 생각한
다. 그러나 그게 누구한테 이기거나 진 건 아니다.

　　나와 동년배 변호사들은 대부분 나보다 경력도
많고 연차도 높다. 나는 서른 중반에야 변호사가 되었지
만 대부분은 그보다 일찍 되기 때문이다. 그러나 그건
그저 서로 다른 삶을 살아왔기 때문일 뿐, 내가 열등감
을 느끼거나 졌다고 느낄 만한 일은 아니라고 생각한다.
나는 가능한 한 내가 좋아하는 삶을 살고자 애써왔을 뿐
이고, 다른 누구도 마찬가지일 것이다. 나는 나의 시간
과 자리에서 나의 일만 충실히 잘하면 된다.

　　내가 생각하는 나의 일이란 내 삶을 점점 내가 좋
아하는 삶으로 만드는 것이다. 내가 별로 좋아하지 않는
사람보다는 내가 좋아하는 사람들과 더 많은 시간을 보
내는 일이다. 내가 동의할 수 없거나 싫어하는 문화에
휩쓸려가기보다는 내가 좋아하는 문화로 내 삶을 물들
이는 일이다. 내가 혼신의 힘을 다할 것은 남의 세상을
바꾸는 일이 아니라 내 삶과 나의 문화를 바꾸는 일이
다. 내가 이길 것은 나 자신과 나의 문화일 뿐, 다른 누군
가는 아니다.

　　나는 지금도 거의 매일 내 삶과 문화를 어떻게 바

삶이 복잡해지는 건 자신의 기준을
잃고 타인들에게 휩쓸릴 때이다.
나는 나로 살기 위하여 심플해진다.

꾸고 만들어갈지를 고민한다. 어떻게 하면 더 좋은 마음으로, 더 좋은 사람들과, 더 좋은 문화 속에서, 더 좋은 장소와 시간으로, 더 좋은 삶을 살아갈지 고민한다. 세상을 대단하게 바꾸어서가 아니라 내 삶과 문화를 바꾸어서 어떻게 내가 닿는 범위에 기여할지를 생각한다. 나에게 그 이상은 과욕이고 오만이다. 그 이상은 지나친 권력욕이거나 자기과신이다. 내가 진정으로 원하는 건 딱 내 삶에 대한 권력, 내 삶에 속한 것들을 물들일 수 있는 영향력이고, 스스로의 일을 해낼 수 있는 자신감이다.

　　나는 오직 나의 시간만을 살며, 그 시간으로 얻는 나의 경험을 토대로 나의 자신감을 가지고 내 삶을 살 수 있을 뿐이다. 거기에 집중하면 삶이란 매우 심플해진다. 삶이 복잡해지는 건 자신의 기준을 잃고 타인들에게 휩쓸릴 때이다. 그리고 복잡해질수록 우리는 자기만의 시간과 경험에 집중하지 못하고 자기만의 것을 쌓는 건 더 힘들어진다. 나는 나로 살기 위하여 심플해진다.

호불호는 취향일 뿐이다

나는 사람의 호불호에는 대개 이유가 별로 없다
고 생각한다. 그래서 누군가의 '그냥 싫어함'도 인정하
는 편이다. 가령 그 누군가가 나를 그냥 싫어하더라도
얼마든지 그럴 수 있다고 생각한다. 청년 시절에는 누가
나를 싫어하면 내가 어딘가 잘못되었는지, 어떤 문제가
있는지를 고민하면서 스스로를 학대하곤 했지만 요즘에
는 그런 일도 많이 사라졌다. 내 기준에서 내가 그리 나
쁜 짓을 한 게 없다면 다른 누군가의 평가나 시선, 호불
호는 그냥 그 사람의 취향일 뿐이라고 생각한다.

타인의 시선을 너무 신경 쓰지 않으면 타인에게
폭력을 휘두르는 꼰대나 몰염치한 사람이 될 수도 있다.
그러나 반대로 타인의 시선이라는 것이 그렇게 옳은 경
우도 많지 않다. 대부분은 그저 자기 기분에 따라서 마
음대로 그 누군가를 낙인찍고, 함부로 생각하고, 그에
따라 좋아하거나 싫어하고, 좋아했다가 싫어하며 살아
가기 때문이다. 그렇기에 그런 시선에 일일이 휘둘리는
것이 그리 현명한 삶의 방식이라 볼 수는 없다.

결국에는 스스로 옳다고 생각하는 나름의 기준을 만들고, 그 기준에 대해 자주 반성하면서 그것을 지켜나가는 것만으로도 충분하지 않을까 싶다. 그 누군가의 호불호에 따라 스스로를 계속 검열하는 것은, 달리 말하면 그 누군가의 시선을 견디지 못한다는 것이고, 그의 판단을 나 자신의 판단보다 높게 사는 것이며, 그의 시선을 나 자신보다 사랑한다는 걸 의미한다. 그러나 대개는 타인의 시선보다는 자기 자신을 더 사랑하고 아끼는 것이 바람직하다.

20대에 나는 사람들이 나를 미워한다고 믿는 버릇이 있었고, 그에 따라 방어적으로 살아가거나 스스로를 미워하는 구석도 많았다. 그러나 어느 무렵부터는 세상 사람들의 취향이나 평가라는 것이 워낙 제멋대로이고, 손쉽게 누군가에 대한 혐오나 증오를 퍼뜨리기도 한다는 것을 알게 되었다. 많은 사람들이 스쳐 지나가듯 타인에 대해 함부로 말하고 평가할 뿐, 딱히 깊이 생각해서 나를 위해 준엄하고도 속 깊은 이야기를 하는 것이 아니다. 그들 중 상당수는 다음 날이 되면 자기가 욕한 사람에 대해서도 잊어버린다. 타인들에 대해 생각 없이 책임 없는 말들을 내뱉을 뿐, 진지하게 참고할 만한 것은 많지 않다. 그렇게 생각하게 된 뒤로는 고작 타인들의 말 때문에 너무 고민하며 스스로를 괴롭히고 검열하지 않게 되었다.

어떤 삶에든 대개 나를 좋아하는 사람의 숫자만큼 나를 싫어하는 사람도 있기 마련이다.

그러므로 타인에게 미움 받는 일을 너무 무서워하지 않는 것이 좋다고 생각한다. 그런 일로 너무 불안해하거나 신경 쓰는 것은 그다지 현명하지 못하다. 그보다는 나를 좋아하고 내게 호의를 베풀며 선의를 지닌 사람들에게 어떻게 그만큼의 보답을 할 것인지, 나아가 또 누구에게 그런 마음을 베풀 것인지 고민하는 것이 역시 더 좋다. 삶에서 할 일이란 그 정도에 머물러 있는 것이다. 그 일을 잘해내는 것만으로도 인생의 시간은 참으로 모자라고 짧은 것이다.

시선의 중간 지대에서

타인의 시선이나 평가를 지나치게 신경 쓰면 거의 아무런 일도 할 수 없다. 반대로 타인을 전혀 고려하지 않으면 자기의 세계에만 빠지게 된다. 결국 타인의 시선에 매몰되면 제자리에서 꼼짝달싹할 수 없고, 자기의 시선에 매몰되면 세상으로 나갈 수 없다. 중요한 것은 그 가운데 어디쯤이라는 '중간지대'를 찾는 일이다. 대개 사회 속에서 자리 잡는 것, 자기만의 일을 갖게 된다는 것은 그 중간 지대를 발견하는 걸 의미한다. 그런 자기만의 중간 지대를 찾는 것이 가장 어렵기도 하고, 어느 영역에서든 가장 중요한 과제이기도 하다.

삶에서 어떤 일을 '시작'하는 데는 타인의 시선을 신경 쓰지 않는 게 중요하다. 내 안에 있는 누군가의 시선들에 일일이 반응하다보면 아무것도 할 수 없다. '네 까짓 게 뭔데 그런 걸 해? 너는 그런 걸 할 수 없어. 비웃음만 당할 거야. 누군가 조롱할 테고, 사람들이 모인 자리의 맛있는 뒷담화거리나 될 뿐이야.' 이러한 시선들을 걷어내야만 무엇이든 첫 시작을 할 수 있다. 대개 만화가들은 학창 시절 오타쿠라 놀림 받고, 작가들은 아웃사이더 취급받으며, 고시생들이나 취업준비생들은 인정받을 건덕지라곤 없이 초라해 보이기만 하는 시절을 감내해야만 한다.

반면 삶에서 어떤 일을 '제대로' 하는 데는 타인의 시선이 필요해지기 시작한다. 아무리 혼자 열심히 스케이트를 탄다고 해서 세계적인 피겨 스케이팅 선수가 될 수는 없다. 코치 등 업계 선배들이 '심사위원'이라는 타인의 시선을 주입해주어야 한다. 혼자 글만 써서는 등단하기 어렵다. 내가 아는 대부분의 작가는 문예창작과를 나왔거나 합평회 등에서 어느 정도 글쓰기 훈련을 받으며 타인의 시선을 흡수했다. 혼자 밤새워서 공부하기보다는 내가 공부를 잘하고 있는지 평가하고 비교해줄 스터디원의 시선, 강사의 시선이 필요할 때도 있다. 한 분야를 둘러싼 타인들과 소통해야만 그 영역에 비로소 '잘' 들어설 수 있는 것이다.

그러다가 일이 어느 정도 궤도에 오른 다음에는 다시 타인의 시선이 개입하는 데 적정한 차단막이 필요하다. 무슨 일이든 제대로 하기 시작하면 그에 개입하는 시선들은 점점 많아진다. 처음에 학생 10명을 가르치다가 1,000명을 가르치기 시작하면 강사는 당연히 더 많은 컴플레인을 받을 수밖에 없다. 하지만 그런 컴플레인, 태클, 비판 등을 모두 수용하다보면, 그는 정작 자기만의 스타일을 잃어버린 채 100명 정도만 가르치는 데 적당한 사람으로 후퇴할 수 있다. 그래서 자기 일을 본격적으로 하면 할수록 어떤 시선들을 얼마나 걸러야 할지가 상당히 중요해지는 것이다. 어디까지가 자기중심이고, 어디부터가 만용이나 아집인지를 끊임없이 고민해야만 한다.

내 생각에 그런 중심이나 조화를 잡아나가는 데 가장 중요한 건 솔직하게 말해줄 수 있는 사람의 존재 같다. 정말 솔직하게 나의 행보나 일에 관해 옳고 그름이나 잘잘못을 말해줄 수 있는 사람이 있어야 한다. 내가 망설일 때, '그런 걸로 쫄지 마, 하고 싶은 걸 해!' 하고 말해준다든지, 반대로 내가 지나치게 고집부릴 때, '이번에는 자제할 필요가 있을 것 같아, 이쯤에서 한번 자신을 돌아봐'라고 말해줄 수 있는 사람이 필요하다. 나에게 그런 두 종류의 말을 골고루 해주는 사람이 없다면 그 사람은 대개 위험해진다. 주위에 찬양만 하거나 비판만 하는 사람밖에 없을 때, 그는 위태로운 상황에 있는 것이다. 사람에게는 응원과 비판이라는 쌍칼을 들고 휘둘러주는 사람이 한 명 이상은 있어야 한다.

삶이 어려운 이유는 자기 안에 매몰되어서만도 안 되고, 타인의 시선에만 맞춰 춤추어서만도 안 되기 때문이다. 어느 한쪽으로 뛰어드는 속 시원함을 경계해야 한다. 삶의 거의 모든 영역이 그렇지만, 특히 사회 속에서 어떤 일을 하며 자리 잡아나가는 과정에서는 그런 두 가지의 조화가 정말 중요하다. 결국 나는 '나'로 살아가는 것이지만, '관계' 속에서 살아가는 것이기도 하다. 왼쪽으로도, 오른쪽으로도 떨어져서는 안 되는 외줄 타기가 삶의 일이다. 결국 반대편에 도착해서 삶을 끝맺기 전까지는 그 균형을 잃어서는 안 된다.

곁에 두고 싶은 사람

로펌을 퇴사한 이후 나는 가능한 한 내가 만나고 싶은 사람들만을 만났다. 그러면서 내가 자발적으로 만나는 이들의 특징을 하나 알게 됐다. 그들이 모두 자기만의 세계랄 것을 갖고 있는 사람들이라는 점이다(이들 중 일부는 이 책의 마지막에 실린 인터뷰에서 확인할 수 있다). 달리 말하면, 자기만의 '힘이 있는 마음'이 있어서 그 마음을 중심으로 자기 삶에 보호막을 칠 줄 아는 사람들이다.

자기 마음의 힘이 없는 사람은 그냥 타인들에게 휩쓸려 산다. 남들이 좋다는 것만을 따라가기 바쁘고, 남들과 우열을 가리는 비교의 늪에서 빠져나올 방법을 모른다. 남들이 자신을 우습게 보지는 않을지, 내가 남들보다 잘나거나 못나지는 않은지 항상 타인들을 신경 쓰면서, 획일화된 하나의 레이스 안에서 서로를 비교하기 바쁘다. 그들에게 벤츠가 아닌 소나타를 타는 삶, 에르메스가 아닌 샤넬을 매는 것은 무조건 열등한 것이다.

마찬가지로 판사가 아닌 변호사의 삶, 강남이 아닌 강북의 삶, 골프 치는 삶이 아닌 동네 공원을 달리는 삶은 역시 더 열등한 것이다. 크리스마스 연휴에 100만 원짜리 호텔을 잡고 오마카세를 즐기는 삶은 집에서 가족끼리 멜론을 깎아 먹고 작은 트리를 꾸미고 노는 삶보다 '이견의 여지 없이' 우월한 것이다. 개인적으로 나는 그런 사고관이 머릿속에 너무 깊이 박혀버린 사람들과는 한 시간 이상 마주 앉아 숨 쉬기가 어렵다. 그 상상력의 부재, 마음의 빈곤함, 획일화되어 거의 기계가 되어버린 상태의 비교의식과 서열의식이 견디기 어렵다.

내가 퇴사 이후에 찾아다니며 약속 잡고 만나며 두어 시간씩 혹은 그 이상씩 마주 앉아 이야기 나누는 사람들 중에는 그런 사람이 하나도 없다는 걸 깨달았다. 그들에게는 모두 저마다의 진지한 세계와 마음이랄 게 있어서, 그 바깥의 현실이나 비교의식의 레이스로 점철된 '타자의 세계'가 침범하지 못하는 벽이 있다. 이를테면 그들은 피해의식으로 가득한 현실이나 피곤한 비교의 세계보다는 책 한 권 읽는 밤, 산속을 거니는 하루, 자기만의 세계를 창작하는 일에 몰두하는 걸 더 좋아한다.

언젠가 나는 세상의 수많은 문제들이 결국 '책 한 권 읽는 밤'을 사랑할 줄 모르는 마음에서 오는지도 모른다고 쓴 적이 있다(비슷하게는 "인간의 모든 고통은 혼자 방에 머물 줄 모르는 데서 온다"는 파스칼의 말이 있다). 사실 그렇게 탐욕스럽게 돈과 권력을 갈구하는 사람들이 무엇을 하

삶을 자기가 원하는 방식으로 만들어가는
방법은 의외로 간단하다. 그 방식을 해치는
사람들을 걸러내고 그 방식에 도움을 주는
이들의 손을 붙잡는 것이다.

는지 보면 그다지 대단한 걸 하는 것도 아니다. 기껏해야 몰래 룸살롱에서 술 먹고 유흥업소 다니다가 걸려서 이혼당하거나, 부하직원 성추행하고, 골프 몇 번 치러 다니는 것 외에 그리 대단한 걸 한다는 얘길 들어본 적이 없다. 만약 그에게 그냥 책 한 권 읽는 밤을 무엇보다 사랑할 줄 아는 마음이 있었다면 그렇게 삶을 허비할 필요도 없었을 것이다.

　나는 여러 사람들로부터 너무도 많은 걸 배웠다. 그러면서 내게 좋은 사람들, 그러니까 나와 맞는 사람들과 그렇지 않은 사람들을 구별할 줄도 알게 되었다. 나아가 삶에서 중요한 것은 내가 세계를 공유하고 싶은 사람들만을 곁에 두며 삶을 확장해가는 일임을 명확히 배웠다. 삶을 자기가 원하는 방식으로 만들어가는 방법은 의외로 간단하다. 그 방식을 해치는 사람들을 걸러내고, 그 방식에 도움을 주는 이들의 손을 붙잡는 것이다.

관계에 드는 에너지 조절하기

나는 인간관계를 맺는 데 몇 가지 규칙을 갖고 있다. 이 규칙들은 최근 몇 년 사이 꽤나 확고해졌는데, 여러 경험들이 그런 규칙을 꽤 괜찮은 것이라 믿게 해주었기 때문이다. 그중 하나는, 나에게 호의적인 사람에게는 가능한 한 나도 호의를 베푼다는 것이다. 물론 세상 모든 호의에 보답할 수는 없겠지만, 가능하면 최소한 호의가 담긴 말이라도 전해주는 게 바람직하다고 생각한다. 나아가 세상 모든 호의에 반응할 수 없더라도, 적어도 내게 호의를 보여준 사람에게 모욕을 주거나, 함부로 대하거나, 무시하고 험담하는 일 같은 건 하지 않는 것을 규칙으로 삼고 있다.

반대로 내게 그다지 호의적이지 않은 사람의 마음을 굳이 얻으려고 애쓰는 일도 가능하면 삼간다. 물론 사회생활을 하며 직업적으로, 업무적으로 어쩔 수 없이 가장된 호의라도 내비쳐야 하는 관계가 존재하지만, 그런 경우가 아니라면 굳이 그 누군가의 호의를 얻기 위해 억지로 애쓰지 않는다. 그렇게 호의를 얻어봐야 대개 그런 관계에는 드는 에너지가 너무 많고, 지속시킬 힘도 여유도 없다. 그보다는 과연 이 사람이 나에게 호의적인지, 호의를 베풀 의향이 서로에게 있는지 확인하고, 아니라면 가능한 한 빨리 돌아서는 게 낫다고 느낀다. 서로 호의를 베풀 의향이 있으면, 그럴 의향이 있을 때까지만 베풀고 보답하며 살면 된다. 그럴 가능성이 없다면, 더 이상 그 관계에 에너지를 쓸 필요가 없다. 간단한 규칙이지만 은근히 지키기가 어렵다. 이 규칙만 잘 지켜도 인간관계의 문제는 상당수 해결된다.

인간관계의 많은 문제가 에너지에 달려 있다. 너무 많은 에너지를 빼앗기면 삶 전체에도 해로울뿐더러 그 관계에도 좋지 않다. 다시 말해 나쁜 인간관계는 너무 많은 에너지를 빼앗아가는 관계이다. 인생이 마냥 여유로운 경우는 거의 없다. 대부분 우리는 참으로 부지런히 살아가야 하기 때문에, 관계에 너무 많은 에너지를 빼앗겨버리면 인생 자체를 제대로 살 수 없게 된다. 인생의 중요한 다른 일들을 제대로 할 수 없게 되고, 삶 전체 리듬이 틀어진다. 그러므로 어떻게 하면 적당한 선에서 서로 호의를 베풀며 선의를 주고받고 좋은 관계를 유지하느냐가 참으로 중요하다.

마지막으로는, 관계에 미련을 두지 않는 것이다. 인간관계는 왔다가 가는 것이고, 깊어졌다 옅어지는 것이고, 밀착했다가 멀어지기도 하는 것이다. 그런 일들이 인생에서 일어나는 건 너무나 자연스러워서, 오히려 그렇지 않은 관계를 의아해해야 할지도 모른다. 너무 가깝기만 하고, 계속 밀착해 있기만 하고, 도무지 멀어지지도 않는 관계가 오히려 이상한 관계인 것이다. 그러므로 한때 열렬히 서로를 좋아하며 호의를 베풀고 찾던 사이더라도, 몇 년 뒤에는 자연스레 멀어져 가끔 안부나 궁금해하는 사이가 되는 건 전혀 이상한 일이 아니다. 그저 괜히 누군가와 척을 지고 원수가 되고 큰 상처를 남긴 채 배반감과 복수심에 불타는 정도가 되지 않는다면, 대개는 당연하고 자연스러운 일인 것이다.

　　나아가 인간관계에 대한 이런 태도는 타인을 나의 소유물로 생각하지 않겠다는 의미를 지니기도 한다. 우리 인간은 누군가의 소유물일 수 없고 각자가 자유로운 존재들이다. 나의 취향이 어제와 오늘 달라질 수 있고, 나의 마음이나 상황이 변해갈 수 있듯, 나와 관계 맺는 사람도 그럴 수 있다. 그러니 곁에 있을 땐 나름대로 최선의 호의를 베풀되 그 결과까지 통제해서는 안 된다. 지금 곁에 있는 소중한 사람과 한 시절 가장 즐거운 마음을 주고받았다면, 그것으로 감사한 시절을 선물받았다고 느끼면 족하다. 내가 잘해주었으니 당신은 영원히 나의 가까운 사람으로 존재해야 한다는 것도 지나친 욕심일 수 있는 것이다.

이 모든 일의 핵심은 관계에 너무 집착하지 않고 많은 에너지를 빼앗기지 않는 선을 찾는 것이다. 특히 누군가를 너무 미워하거나 누군가로부터 지나치게 미움 받으며 배신과 모욕의 사이클에 들어서면, 그만큼 에너지를 빼앗기는 일도 없다. 그러면 보다 평화롭고 행복하게 누릴 수 있었던 삶의 시간들을 모두 빼앗기게 되는 셈이다.

인생에는 생각보다 그리 시간이 많지 않다. 나는 평생 내가 읽고 싶은 책을 모두 읽지 못할 것을 벌써부터 예감하고 있다. 내가 쓰고 싶은 글도 모두 쓰지 못할 것이고, 가보고 싶은 곳도 모두 가지 못할 것이다. 인생은 무한하지 않은 것이다. 그러니 스스로 좋아할 만한 시간을 더 많이 누리기 위해서라도 관계에 드는 에너지 관리를 잘해내야만 한다.

성향 불변의 사고관

MBTI가 유행하면서 새로운 세태가 하나 생겼다. 자기 성향은 절대 불변하는 것이라 믿으면서 그 성향을 고도의 자기합리화 수단으로 쓰는 것이다. 예를 들어 나는 I 성향(내향적 성향)이므로 사람들을 만나지 않는 게 당연하다거나, 반대로 나는 E 성향(외향적 성향)이므로 가만히 집에만 있으면서 정적인 일에 몰두하는 건 못한다고 믿어버리는 것이다. 혹은 나는 P(인식적 성향)이므로 원래 계획을 세울 줄 모르고 계획을 세울 필요도 없어서 그냥 무계획으로 살 수밖에 없다고 믿기도 한다. 반대로 나는 J(판단적 성향)이므로 계획에 없던 일이 발생하면 아무런 대처도 할 수 없다거나, 당연히 불편하고 기분 나쁘다고 스스로 믿어버리기도 한다. 이는 마치 "타고난 성격은 평생 바뀌지 않는다"라고 말한 쇼펜하우어의 말이 유행하는 것과도 맥이 닿아 보인다.

개인적으로는 MBTI의 유행이 서로 다른 사람들에 대한 이해를 높여주고, 다름을 이상함이라고 여기지 않는 좋은 문화를 만들어가는 데 일조한 면이 있다고 생각한다. 그래서 MBTI를 맹신하기보다는, 그것이 가벼운 놀이로 존재하는 한 긍정적인 면이 있다고 믿는다. 그러나 MBTI로 대변되는 '성향 불변의 사고관'이 심화될수록 우리가 어떤 함정에 빠질 가능성도 있다고 본다.

요즘 시대는 수많은 것들이 이미 '태생적'으로 정해져 있다고 일찌감치 믿고 좌절하는 시대이기도 하다. 부모의 재산에 따라 금수저, 흙수저 같은 것으로 인생이 나뉜다는 이야기조차 옛이야기가 되었다. 최근에는 아예 특정 분야의 재능뿐만 아니라 노력하는 태도, 인내력, 다정함까지 타고나는 것이라는 극단적인 '유전자 결정론' 같은 게 유행하고 있다. 이것의 다른 이름은 냉소주의이다.

이것이 냉소주의인 이유는, 삶에서 어떠한 빛나는 의지나 마음, 희망도 믿지 않고 그저 모든 게 원래 정해진 대로여서 내가 이 삶에 개입할 여지가 거의 없다고 믿어버리기 때문이다. 그건 사실일까? 인간은 저마다 태어날 때부터 평생 바꿀 수 없는 '세 살 버릇' 같은 게 있어서 고쳐 쓸 수도 없고, 사주팔자처럼 고정된 네 개의 알파벳에 지배당해 운명을 받아들일 수밖에 없는 것일까?

어쩌면 그렇게 믿고 살아가는 것이 우리에게 더 편안한 행복을 보장할 수도 있겠지만, 나는 그렇지 않다고 믿는 편이다. 나는 릴케가 말한, 인간은 "어려운 쪽으로 향해야 한다"라는 기본 원칙을 지난 10년 이상 신뢰해왔다. 내 성향에 맞지 않아서 다소 어렵게 느껴지던 것도 어느 순간 내 안에 들어와 나의 운명이 되고 나의 삶이 되어 마치 원래 내 안에 있었던 것처럼 자연스러워지는 경험들을 계속 거치면서, 나는 더 '어려운 쪽'으로 향하는 일을 믿게 되었다.

이를테면 나는 한 번도 내가 육아 적성이라고 믿어본 적이 없었다. 아이 키우는 것보다는 두 사람이 로맨틱하게 세상을 여행하는 게 역시 나에게 맞는 자유로운 삶일 거라 믿었다. 마찬가지로 과거에 나는 골방에서 글만 쓰는 게 내게 가장 맞는 삶일 거라고 믿어 의심치 않았다. 경찰서와 법원을 드나들며 누군가의 권리를 위해 싸우는 변호사의 삶이 내 인생이 되리라고는 딱히 믿어본 적이 없다. 지금 내 삶에 자연스러워진 거의 모든 것들이 자연스러워질 거라 믿어본 적 없었던 것들이다.

나는 아마도 인간이란 태생의 모양을 바꾸면 박살 나버리고 마는 유리 도자기 같은 존재가 아니라, 언제까지나 그 형태를 바꿔나갈 수 있는 슬라임 쪽에 가깝다고 믿는다. 물론 그 가운데에도 나름의 핵은 있을 수 있고, 또 어느 순간에는 조금씩 자기가 원하는 모습으로 굳혀가기를 택할 수도 있다. 그러나 인간이 태생에 사로잡혀 운명에 복속해야 하는 존재라면, 아무래도 인간 삶의 가치란 것도, 자유나 의지라는 것도 그다지 의미 없는 것이 되어버리진 않나 싶다. 그러니 관계에 관해서든, 일이나 그밖의 여러 취향에 관해서든 '열려 있는' 자세가 필요하다는 게 나의 생각이다.

자신을 비판하는 사람이 없어지면

　　주변에 자신을 비판하는 사람이 없어지면 '끝난' 것이나 다름없다. 이때의 비판이란 당연히 인격 모독 같은 비난은 아니고 나의 생각이나 행동에 합리적으로 의문을 제기하는 일이다. 인간은 신이 아닌 이상 누구도 옳기만 할 수 없다. 그럼에도 인간은 자신이 절대적으로 옳다는 환상에 끊임없이 빠져든다.

　　예를 들어, 시험에서 우리는 처음 고른 답을 바꿀 때 강한 불안을 느낀다. 그 이유는 처음 고른 그 답이 '내가 고른 답'이기 때문이다. 그러나 정작 심리학 연구에 따르면, 우리가 답을 바꿀 때 그것이 정답일 확률이 더 높다고 한다. 내가 옳지 않다는 것을 인정하는 순간, 우리는 더 옳은 정답 쪽에 다가갈 가능성이 높아지는 것이다(애덤 그랜트, 《싱크 어게인》 참조).

　　글을 쓸 때도 내가 쓴 글이면 고치기가 어렵고 싫다. 그 이유는 내가 쓴 글이기 때문이다. 내가 쓴 글은 그것 자체로 정당하길 바란다. 그래서 누군가가 내 글의 옳고 그름에 관해 참견하거나 고치라고 하면 기분이 나빠진다. 그러나 정작 좋은 글을 쓰는 사람이 되기 위해서는 끊임없는 피드백이 필요하다. 좋으면 좋다, 이상하면 이상하다고 말해줄 사람이 필요하다.

자존심은 나 자신과 나의 생산물을 분리하지 못할 때 격렬하게 강해진다. 나의 글, 나의 생각, 나의 의견이 비판당할 때 내가 나 자신과 그것들을 분리하지 못하면, 그 모든 게 나에 대한 비난처럼 느껴진다. 그러나 실제로 비판은 그런 나의 생산물을 더 나은 것으로 만드는 과정에서 오히려 필수적이다. 자존심을 내려놓으면 내가 더 온당하게 가야 할 길이 보인다.

나는 종종 내가 가르치는 글쓰기 수업에서도 나의 글을 평가받는 시간을 마련한다. 다른 모든 사람과 마찬가지로 나도 완벽한 글을 쓰는 사람이 아니다. 오히려 내 글에도 반드시 보완해야 할 점이나 더 생각해봐야 할 지점이 있기 마련이다. 그런 시간에는 대개 마지막에 나도 나의 글에 대한 비판을 늘어놓는다. 이를테면 이 표현은 다르게 바꾸면 좋겠다거나 마무리가 조금 더 깊이 있으면 좋겠다는 식으로, 내 글을 나로부터 분리해서 다시 바라본다. 그렇게 다른 사람들의 시선과 함께 내 글을 다시 보게 되면 혼자서는 보지 못했던 부분들이 들어온다.

비슷한 맥락에서 나는 내가 쓴 책에 대한 비판도

자존심은 나 자신과 나의 생산물을

분리하지 못할 때 격렬하게 강해진다.

자존심을 내려놓으면 내가 더

온당하게 가야 할 길이 보인다.

꽤 흥미롭게 살펴본다. 어떤 점에서 더 이해심을 발휘하거나 더 강하게 주장해야 할지, 어떤 부분을 더 강조하거나 더 자제해야 할지 등을 알게 된다. 확실히 내 글쓰기를 지속적으로 낫게 해준 것 중 하나는 내가 쓴 글에 적절한 비판점들을 남겨준 리뷰들이다.

대화할 때도 내가 가장 좋아하는 대화 상대는 서로 약간 다른 의견들을 허심탄회하게 나눌 수 있는 사람들이다. 대화하며 내 생각도 수정해볼 수 있고 상대에게도 영감을 줄 수 있다. 그런 안전한 상호성 속에서 서로를 수정해나가는 즐거움이 대화의 즐거움이고, 관계의 살아 있음이라 느낀다.

자신의 절대적인 옳음 속에 갇힌 채로 숭배받고 자기 자신을 광신하는 일이야말로 내가 가장 두려워하는 일이다. 나는 내가 그런 사람으로 늙을까봐 무섭다. 내가 주위 사람들과 정당한 비판을 나눌 수 있는 사람이길 바란다. 그런 비판들로 서로를 계속 고쳐나갈 수 있는 관계들이 내 삶을 이끌어주었으면 한다. 나는 내 삶을 채우는 사람들과 함께 매일 더 나은 사람이 되어가길 바란다.

기분 좋은 배신

　　20대에 나를 알던 사람들은 내가 30대 중반이 넘어 변호사로 일하고 있다고 하면 깜짝 놀란다. 그들에게 나라는 사람의 이미지는 아웃사이더처럼 혼자 도서관에나 들락거리며 아무도 관심 없는 고전 같은 것을 읽고, 무언지 모를 소설 같은 거나 쓰는 사람이었기 때문이다. 실제로 나는 10여 년쯤 작가로 살다가 변호사라는 직업을 새로 얻었다. 마찬가지로 나를 주로 허약한 이미지로 기억하는 사람들은 내가 헬스나 복싱 같은 운동을 한다는 이야기를 들으면 놀란다. 나는 운동 같은 건 안 하는 사람이었지만, 30대 중반이 넘어서는 운동을 하기 시작했다.

　　어떻게 보면 이것은 타인에 대한 배신이다. 그들이 알고 있는 대로의 나, 그들이 믿고 싶은 대로의 나, 그들이 규정짓고 싶은 대로의 나를 철저하게 배신해버리는 일이다. 그러나 나는 삶이란 어느 정도 그런 배신들로 채우는 것이 좋다고 생각한다. 타인의 시선과 규정은 때때로 나 자신을 옥죄는 사슬이 된다. 그러나 사실 나는 자유로운 개인이며, 내게 더 좋은 삶을 위해서는 얼마든지 그런 시선과 규정을 배신할 자유와 권리, 필요가 있다.

물론 그 배신이라는 게 착한 척하더니 알고 보니 범죄자라는 식의 위선이면 곤란할 것이다. 그런 유의 배신이 아니라면 우리는 자기 자신을 위해서, 자신의 좋은 삶을 위해서 타인의 기대를 때론 배신해야 한다. 인간은 누구나 안심하기 위하여 타인을 적당히 규정하거나 편견에 가두는 걸 선호한다. 걔는 원래 '찐따'였지, 걔는 지질했지, 걔는 나보다 못했지, 걔는 나와는 달랐는데 별로였지, 같은 규정들로 타인을 묶어두고 싶어한다. 그러나 때때로 멋진 삶 혹은 좋은 삶은 그런 타인들의 뒤통수를 치면서 나아가는 삶이다.

개인적으로 나는 내가 알고 기억하던 것과 전혀 달라진 사람을 오랜만에 만나면 무척 신기하고 재밌어서 이것저것 캐묻는 편이다. 그가 그 긴 세월 동안 그저 똑같은 사람으로 머물러 있기보다는, 나름의 패기와 열정, 의지와 꿈으로 어떤 새로운 존재가 되어 있으면 더 관심이 가고 호기심을 느낀다. 나는 나 자신에 대해서도 그렇지만 타인에 대해서도 그가 자기의 힘을 믿고 상상을 실현하며 변해가는 존재일 때 더 좋아하는 면이 있다. 내가 기억하던 당신이 더 멋진 존재가 되어 나의 뒤통수를 쳐주면 짜릿하고 신이 난다. 인생은 역시 모르는 거구나, 삶이란 참 재밌는 거구나 싶다.

　　나도 나를 가두는 틀을 항상 깨고 나가는 것이 좋다. 그러다보면 계속 초심자의 입장에 서게 되기도 하고, 혼이 나기도 하며, 창피를 당하기도 한다. 뒤늦게 춤을 추거나 운동을 하고 악기를 연주하면 당연히 앞서 시작한 수많은 사람들보다 못하고, 그래서 부끄럽고, 내가 이 나이 먹고 또 혼나면서 배워야 하나 싶을 수도 있다. 그렇지만 중요한 건 알량한 자존심이 아니라 나 자신을 위한 성장이고 좋은 삶을 향한 여정이다. 그렇게 생각하면 오히려 그런 '혼남'들이 더 나은 삶을 향해가는 증거처럼도 느껴진다.

　　복싱을 처음 시작할 때도, 관장님은 "공부하느라 운동 많이 안 하셨죠? 더 열심히 하셔야 해요"라며 은근히 나를 혼냈다. 운동이라곤 20~30년 만에 하는데 당연히 잘할 수가 없다! 그러나 나는 더 나아질 것이다. 혼자 피아노를 띵똥띵똥거리고 있으면 아내가 "분발해야겠네" 한다. 맞다. 피아노도 거의 20~30년 만에 치는데 단번에 잘할 수 없다. 그렇지만 곧 잘하게 될 것이다. 그러다가 야밤에 글쓰기 모임 시간이 되면, 나는 반대로 글쓰기를 가르치는 입장이 되기도 한다. 내가 지금까지 글쓰기를 가르친 사람들 절반 이상이 나보다 나이가 많았다. 나는 나이가 들어 도전하는 그분들을 존경한다.

　　남들이 알고 싶은 대로 아는 내가 아니라 진짜 나는 계속 변해가며 성장해가고 나의 좋은 삶을 찾아 달라지는 슬라임 같은 존재다. 물론 그 가운데에도 변하지 않는 무언가는 있겠지만, 중요한 건 자기 자신에 대한 진실을 지키면서도 더 나은 삶을 향해 나아가고자 하는 명료한 의지다. 남들 눈치 보느라 나의 삶을 살지 못한다면, 죽을 때 그보다 후회스러운 일도 없을 것이다.

위선과 진실 사이

　　정신분석학자 라캉은 예수의 "네 이웃을 네 몸과 같이 사랑하라"라는 말이 매우 급진적이고 위험할 수 있다고 이야기한다. 우리는 당연히 타인을 내 몸과 같이 사랑하지는 않는다. 무엇보다 먼저 자기 자신을 사랑하고 자기 이익을 우선시하며 타인과의 사랑도 '나에게 이로운 방향'으로 적절히 맺어나간다. 그러나 예수의 이 말은 "원수를 사랑하라"와 같이 고통을 낳을 수밖에 없는 명령이다.

　　만약 타인을 내 몸과 같이, 마치 나처럼 사랑할 수 있다면 그것은 '나를 넘어서는' 것이 된다. 자기 이익을 추구하며 살도록 만들어진 사회와 문명의 법칙에도 역행한다. 그래서 이런 삶을 사는 것은 혁명적이고 급진적이며, 종래의 삶의 방식을 거부하고 인간 '밖'으로 나가는 것이다. 실제로 이런 삶에까지 이른 존재들은 역사에 남을 정도로 혁명적인 이들이었다. 예수나 붓다처럼 말이다.

　　그러나 나도 그렇지만 대부분의 사람은 그렇게

살 수 없다. 나와 내 가족을 위한 집과 재산을 모두 털어서 타인에게 기부하는 것처럼 '급진적인 삶'을 살 수는 없다. 그래서 예수의 이와 같은 명령은 언제까지나 '도달 불가능한 이상'으로 남는다. 이기심의 끝에는 도달할 수 있을지 몰라도 이타심의 끝에 도달하는 건 불가능하다. 그렇다면 흔히 말하는 이타심, 이웃 사랑, 타자에 대한 환대는 모두 '위선'이 될 수밖에 없는 것일까?

개인적으로 나는 타자에 대한 환대, 더불어 사는 삶, 이타적인 삶의 태도가 멋지고 아름답고 나아가 혁명적이라고까지 생각하지만, 그런 태도를 내 삶에 그대로 받아들일 수는 없다고 느낀다. 그럼에도 내 삶의 이기심이라는 한계 안에서, 그런 '혁명적인 요소'를 소금 치듯이 조금씩 함유시킬 수는 있다고 생각한다. 이것 아니면 저것이라는 관념 속에서 표류하기보다는, 이것에 있되 저것을 생각하는 딜레마적인 태도를 갖고 싶다.

예를 들어, 만인을 위한 무료 글쓰기 수업이나 무료 변론만을 하며 살 수는 없다. 그러나 돈을 받고 글쓰기 수업을 하더라도 그것을 오로지 돈벌이 수단으로만 생각하기보다는 그 안에서 최선을 다한다면, 이웃을 내 몸과 같이 사랑하는 순간에 아주 살짝은 닿을 수도 있다. 그가 정말 좋은 글을 쓰길 바라고, 그로써 타인들과도 이어지며, 자기 삶을 글쓰기로 채울 수 있도록 온 마음을 다하여 돕는 그 순간에는 그것이 '이기적인 돈벌이'를 '살짝' 넘어서는 순간이라고 믿는다.

마찬가지로 만인을 위한 무료 변론을 할 수는 없더라도 적절한 수임료를 받고 일하면서도 진심으로 의뢰인을 생각하면 '우영우'와 같은 순간도 만날 수 있으리라 생각한다. 드라마 〈이상한 변호사 우영우〉의 주인공 우영우는 첫 번째 에피소드에서 단순히 기계적인 변론을 넘어 의뢰인의 삶의 입장을 진심으로 생각한다. 이 에피소드에서 의뢰인은 남편을 살해했다는 죄목으로 억울하게 기소를 당하는데, 그의 상사 변호사는 그저 살인미수를 자백하고 적당히 집행유예 받고 끝내자고 한다. 그러나 우영우는 그의 삶을 생각했을 때 반드시 무죄를 받아야만 한다고 믿는다. 그러지 않고 남편에 대한 살인을 인정해버리면 '상속인 결격사유' 때문에 남편으로부터 상속을 받지 못해 의뢰인의 여생이 매우 힘들어질 수 있기 때문이다. 우영우는 '이웃의 삶을 내 삶과 같이' 생각했던 것이다.

타자를 무조건 환대하는 것은 어렵고, 너무 급진적이고, 무척 고통스러운 일이기도 하다. 만인을 위해 거리로 나섰던 예수가 결국 온갖 고통 끝에 사형을 당하는 것처럼, 타자를 내 몸과 같이 사랑하는 일의 끝은 죽음과 같은 고통일지도 모른다. 그러나 우리는 그와 같은 혁명적 이상을 잊지 않되, 삶에서는 최대한 내 삶과 이웃에 대한 마음의 조화를 도모해갈 수 있다. 삶의 진정한 보람, 가치, 의미가 발견되는 순간이 바로 그런 순간들이다.

우리는 평생 타인의 인정, 찬사, 칭찬, 사랑을 갈구하면서도 '직접' 타인 속으로 들어가는 건 어려워하고 힘들어한다. 대신 나 혼자 '잘났다'는 것에 집중하며 간접적으로 타인의 마음을 얻고 싶어한다. 타인에게 보여주는 명품이나 명예로 간접적으로 타인의 부러움과 시선을 바라는 것이다. 그러나 우리에겐 직접 타인 속으로 들어가 타인을 만날 기회들이 있다. 그 기회들은 내 삶을 파괴하지 않는 선에서도 얼마든지 만날 수 있다. 그 지점에 닿을 때 우리는 내 삶이 비로소 진실 가운데 있다고 믿을 수도 있다. 여기구나, 여기가 진실의 지점이구나, 여기가 바로 삶이 의미 있어지는 순간이구나, 하고 말이다.

타인을 있는그대로
바라보려면

관계의 시작

나도 비밀을 갖고 싶다

"나도 비밀을 갖고 싶다." 아이가 침대에 누워 있다가 아내에게 말했다. 아이가 대여섯 살 무렵일 때였다. 아이는 유치원에서 '비밀'에 대해 배운 모양이었다. 세상에는 비밀이란 것이 있는데, 그것은 엄마나 아빠도 모르는 자기만의 것이어서 결코 누구에게도 말해서는 안 되는 것이라고 말이다. 그러나 아이는 아직 엄마, 아빠에게는 비밀이랄 게 없는 모양이다.

세상에 비밀이 없는 사람은 없다. 그러나 비밀이 없는 시절은 있다. 사실 비밀이라는 건 마음만 먹으면 누구나 가질 수 있다. 가령 밖으로 나가서 낙엽 하나를 주운 다음 그것을 어느 바위 밑에 숨기면서 자기만의 비밀로 가지면 된다. 그러나 아이는 자기만의 비밀을 가지기에는 아직은 모든 걸 엄마와 아빠에게 이야기하고 싶은 듯하다. 그 참을 수 없음이 너무도 천진난만하게 느껴졌다.

그러나 엄밀히 말하면, 아이에게도 비밀은 있다. 이를테면 나는 아이가 종일 무슨 상상과 생각을 하는지다 알 수 없다. 유치원에서도 무슨 일이 있었는지 다 모른다. 아이는 자기가 부모에게 비밀이 없다고 믿고 있지만 사실 부모에게 아이는 비밀 덩어리이고 수수께끼의 존재다. 아이의 감정, 생각, 상상, 일상 그 모든 것은 투명하게 밝혀져 있지 않고, 베일 뒤에 어느 정도 감추어져 있다.

그런데 사실 아이만 그런 것이 아니라 누구든 다르지 않다. 우리는 우리 자신도 모르는 비밀들을 갖고 있다. 내가 누군가를 미워하거나 사랑하는 이유를 아마 평생에 걸치더라도 완전히 알기는 어려울 것이다. 몇 가지 이유쯤이야 떠올릴 수는 있겠지만, 그 이유는 내가 나를 속이는 가짜 이유일 수도 있다. 내 무의식의 진짜 이유를 알아가는 데는 평생이 걸리기도 한다. 우리는 나 자신조차 온전히 알지 못한다.

그렇게 보면 "나도 비밀을 갖고 싶다"라고 말하는 내 앞의 이 순진무구한 존재에게서도 비밀을 읽어내는 이 태도야말로 어쩌면 인생을 살아가는 내내 지녀야 할 태도가 아닌가 생각하게 된다. 나는 말했다. "그런데 사실 너는 비밀이 있어." 아이는 멀뚱멀뚱 나를 보았다. "그게 무슨 말이야?" "너는 비밀이 없을지라도 엄마랑 아빠한테 너는 비밀이 있는 존재란다." 나는 그 태도를 잃지 말아야만 한다는 생각이 든다.

당신에게는 비밀이 있어서 나는 그것을

이해하기 위해 평생을 경청해야 한다는 것,

당신이 누구든 섣불리 폭력적으로

규정하기보다 당신을 당신인 채로

놓아두는 법을 배워야 한다.

섣불리 타인을 다 파악했다고 믿는다거나, 그에게 궁금해할 것도 없다거나, 나아가 내가 나 자신을 명확하게 안다고 믿는 그 오만을 경계해야 한다. 그 수수께끼를 지켜내는 것, 타인을 비밀스러운 존재로 두는 것 자체가 타인을 사랑하는 일이다. 나는 당신에 대해 다 모른다는 것을 인정하기로 한다. 당신에게는 비밀이 있어서 나는 그것을 이해하기 위해 평생을 경청해야 한다는 것, 당신이 누구든 섣불리 폭력적으로 규정하기보다 당신을 당신인 채로 놓아두는 법을 배워야 한다.

타인의 깊이를 알 수 없다

겉으로는 마냥 밝고, 씩씩하고, 늘 웃고, 당차 보이는 사람일수록 실제로는 그렇지 않다는 걸 알게 된 경우가 많았다. 그럴 때마다 반전처럼 놀라기도 했다. 그런 경험들이 누적되다보니 아, 사람이란 결코 단면 같은 존재는 아니구나, 누구나 복잡하구나, 누군가가 단순하게만 보인다면 그것은 내가 그에 대해 빙산의 일각밖에 모른다는 뜻이구나, 하는 걸 뼛속 깊이 알게 되었다.

그런 경험은 비교적 최근에도 있었다. 내가 생각할 때는 약간 이상할 정도로 밝기만 하고, 마냥 '인싸' 같기만 하고, 그저 활기차 보이기만 해서, 참 특이하네, 나랑은 다른 세계 사람 같네, 나와는 어울릴 수 없겠구나, 싶었던 사람이 있었다. 그런데 어느 날 그가 나에게 다가와서는 꼭 하고 싶은 말이 있다고 했다. 나는 그냥 벤치에 앉아서 그의 속마음을 듣게 되었는데, 그가 그 누구보다도 힘들고 어려운 시간을 보냈고, 우울하고 슬픈 나날들을 겪었으며, 단지 겉으로 그런 척하지 않기 위하여 더 과도하게 그런 '외면'을 만들어냈다는 걸 알 수 있었다.

그러니까 사실 다들 비슷하다. 마냥 비타민 같고, 항상 발랄하기만 한 사람은 없다. 그렇게만 보이는 누군가가 곁에 있다면, 사실 그는 다른 누구보다도 큰 슬픔이나 아픔을 품고 있을 가능성이 높다. 오히려 적당히 기분 좋아 보이기도 하고, 나빠 보이기도 하고, 이런저런 감정을 오가면서, 이런저런 말실수도 하고, 그 사람의 다양한 상태를 내가 있는 그대로 느낄 수 있는 사람이 더 건강한 편에 속할 것이다. 모든 사람이 다 그런 면을 갖고 있기 때문이다. 어느 한쪽 면만이 두드러져 보인다면, 그는 그런 모습을 만들어내기 위해 참으로 애쓰고 있을 가능성이 높다.

그러니 타인의 깊이에 대해서는 쉽게 알 수 없다. 겉으로는 모든 걸 가진 듯 보이는 사람도 어떤 아픔을 견뎌내고 있을지 타인은 좀처럼 알 수 없고, 그저 짐작 정도나 할 수 있을 뿐이다. 참으로 강하고 당당해 보이는 사람도 실제로는 그렇지 않다는 것을 매일같이 알게 된다. 누구도 그리 강하지 않고, 완전하지 못하고, 저마다 처절하게 견뎌내는 부분들이 있다.

살아갈수록 이런 생각은 너무나 명확해져서 그 누구에 대해서도 함부로 말한다는 건 불가능하다고 느낀다. 우리의 시선은 언제나 왜곡되어 있고, 거울에 반

사되는 빛처럼 타인의 겉모습만 볼 수 있을 따름이다. 그를 안다고 믿는 순간 그것은 거짓이 된다. 그러니 타인을 조롱하거나, 우습게 여기거나, 멸시하거나, 비난하고 싶을 때는, 그런 마음이 목젖까지 차올라도 언제나 거기에서 그만두는 게 현명하다.

남들이 볼 때는 아무런 부족함도 없고 어디까지나 팔자 좋은 사람처럼 보일지라도, 어느 날 아침 그는 이 하루를 견뎌낼 자신이 없어 죽고 싶다고 생각할지도 모른다. 그 마음이 어디에서 왔든, 어떤 조건들에 의하여 상쇄되든, 그 자신의 입장이 되어보지 않는 한 누구도 그에 대해 함부로 말할 수는 없는 것이다. 타인에 대한 질투나 시기라든지, 그 앞에서 왜소해지는 내 삶에 대한 방어적 생각이라든지 하는 것보다는, 언제나 인간에 대한 연민이 우선되어야 하는 건 그 때문이다.

세상에 타인을 소비하는 말들이 너무 많다. 그 누구의 깊이에도 닿을 수 없는 말들, 그저 소비하고 버릴 뿐인 말들, 깔깔거림과 혐오의 말들, 가십거리로 소모될 뿐인 어떤 사람의 얼굴들, 그런 것들이 너무 구역질 난다고 느낄 때가 있다. 모르는 것, 아니 몰라야 할 것에 관해 너무 많은 사람들이 너무 많은 말을 한다. 그렇게 여기저기서 튕겨 나온 말들이 온 세상을 돌아다닐수록 세상에는 비극만 더 많아진다.

누구에 대해서든 그저 모른다고 결론을 내리고, 모르는 것 앞에서 침묵을 지키는 일이 얼마나 필요하고, 드물고, 절실한지를 자주 느낀다. 그저 인간에 대한 인간적인 대우라는 것, 그저 놓아두는 연민이라는 것, 그저 그의 존재를 인정하는 것이 얼마나 어렵고도 가장 필요한 일인지를 말이다.

오늘도 나는 얼마나 그 누군가를 쉽게 바라보고, 단정 짓고, 평가하고, 소비하는지, 내가 믿고 싶은 대로 믿고 말아버리는지를 생각해보게 된다. 그건 인간에 대한 예의가 아닐 것이다. 인간을 인간인 채로 놓아두고 바라보기 위해 매일 애써야 한다.

타인의 속마음을 추측하지 않기

내가 꽤나 신경 쓰는 일 하나는 누군가와 어떤 사람에 대한 이야기를 나눌 때, 그 사람이 직접 들으면 기분 나빠할 만한 말은 하지 않는 것이다. 한 심리 연구에 따르면 사람의 대화는 80퍼센트 정도가 '남 이야기'로 채워진다고 한다. 그게 사실이라면 가장 많이 하는 이야기가 남 이야기인 만큼 가장 실수하기도 쉽고 가장 조심해야 할 것이다. 혹여나 누군가에 대해 이야기를 했는데 그가 들어서 기분 나쁠까 싶은 생각이 들면 어딘지 불편한 느낌이 한참 동안 이어지곤 한다.

그 이유는 나랑 대화를 나눈 사람이 그에게 내 말을 옮길 수도 있고, 그러지 않더라도 어쩐지 나쁜 일을 한 것만 같기 때문이다. 사실 내 삶에서 가장 큰 트라우마 중 하나는 내 앞에서는 웃던 사람이 남들 앞에서는 내 욕을 하고 다닌 경험이었다. 청소년 시절 그런 경험을 겪은 뒤에는 사람에 대한 신뢰를 상당 부분 잃었고, 마음을 완전히 내어주는 일이 드물어졌다. 그만큼 그런 행동을 싫어하는 마당에 나 자신이 그래서는 안 된다고 느끼는 것이다.

그런데 또 필연적으로 남 이야기를 하며 살 수밖에 없도록 진화된 게 인간이고 문명이고 사회라면, 누군가가 직접 들으면 기분 나빠할 만한 말을 실수로라도 할 수밖에 없는 게 인간의 운명이기도 하다. 그 사람의 면전에서도 그가 기분 나빠할 만한 말을 할 수도 있는 게 인간이다. 하물며 그의 표정도 볼 수 없고 말투도 들을 수 없는 곳에서는 더 그렇게 될 가능성이 높다. 그래서 나에게는 남 이야기에 대한 기준이 하나 생겼다.

그것은 설령 남 이야기를 하더라도 그에 대해 함부로 추측하거나 평가하지 않는 것이다. 이를테면 그는 어떤 나쁜 의도를 가진 인간일 것이다, 이기적인 마음으로 그런 행동을 하는 것이 분명하다, 그와 같은 사람은 어떤 종류의 인간이어서 좋지 못한 방향으로 나아갈 것이다, 같은 식의 말은 하지 않는 것이다. 그런 말은 단순히 그가 기분 나쁠 거라는 사실을 넘어서서, 나의 지나치게 주관적인 생각에만 기초해 만든 규정에 불과하기 때문이다. 누군가가 기분 나빠할 말을 할 수는 있어도, 그에 대한 나쁜 규정을 내가 만들 권리는 없다. 그 정도만 되어도 관계에서 겪게 될 큰 곤란은 사라진다. 지난 몇 년간 내 삶에서는 인간관계로 그다지 불편할 일이 없었는데, 아마 이런 원칙을 어느 정도 지켰기 때문이 아닐까 싶다.

그러다보니 자연스레 생기게 된 태도도 있다. 그
것은 타인의 '속마음'에 대해 좀처럼 생각해보지 않으려
하는 것이다. 특히 누군가가 나쁜 의도를 가진 나쁜 인
간이라는 식으로는 웬만해선 생각하지 않게 된다. 설령
그런 의심이 들면 아예 대놓고 물어보기도 한다. 그러면
대개 자신의 마음에 관해 알려주는데, 나는 주로 상대가
말하는 대로 믿곤 한다. 그 이상으로는 생각하지도 않
고, 어디 가서 말을 옮기지도 않는다. 그렇게 살아가다
보면 여러모로 관계가 편해진다.

타인에 대해 그다지 좋지 못한 말을 많이 하고 다
니는 사람은 결국 그만큼 신뢰를 잃어버리기 마련이다.
누군가에 대한 험담은 솔직함과 내밀함을 통해 상대와
나를 엮어줄 것 같지만, 의외로 그런 '험담의 연대'는 쉽
게 와해된다. 나는 남에 대해 험담하는 그 사람이 다른
곳에 가서 나에 대해서도 험담하지 않으리라고 믿기 어
렵다. 그런 의심이 쌓이다보면 '험담의 연대'도 쉽사리
사라지게 되는 것이다.

오늘도 내가 어제 했던 말에 대해 생각해본다. 그
말을 그가 직접 들었다면 기분 나빠했을까? 그렇진 않
을 것 같다. 그럼 그전에 했던 다른 말은? 아마 그럴 수
도 있을 것 같다. 한 달 전엔가 했던 말인데 아직 기억

이 난다. 나는 그를 싫어하지 않고 오히려 참 좋아하는데, 그에 대해서 농담하듯 던졌던 '약간 나쁜 단어' 하나가 계속 기억난다. 어쩐지 미안한 마음이 든다. 그 누군가가 나에 대해서 그런 식으로 말하리라고는 믿지 않으면서 내가 누군가에 대해서 그렇게 말하고 다니는 건 참으로 현명하지 못한 일이다. 이런 일은 아무리 반성해도 끝이 없다.

100퍼센트 순수한 마음은 없다

사람의 심리에는 미묘한 데가 있어서 타인을 걱정해주는 것이 때로는 자기를 위로하기 위한 경우가 있다. 가령 타인의 처지를 안타까워하고 걱정해주면서도, 반대로 나는 그런 처지가 아니라는 데에 묘한 위안을 느끼는 것이다. 그러면 안 된다, 이렇게 해야 한다, 너무 힘들겠구나, 라고 말하면서 그와 대비되는 자기 자신의 삶을 한결 나은 것으로 확인받는 '위안의 작업'이 있는 것이다.

사실 사람들도 이런 걸 모르지 않아서, 누군가를 걱정하거나 위로를 건넬 때 혹시 그것이 나의 '기만'이 되지는 않을까 신경 쓰기도 한다. 내가 지금 이 사람을 걱정해주듯 말하고 있지만 사실은 나의 우월감을 드러내고 싶어하는 건 아닐까, 상대적으로 나는 더 나은 처지라는 걸 과시하고 싶은 건 아닐까, 같은 생각이 마음속에 맴돌기도 한다. 반대로 상대의 마음속에서는 '그래서 지금 당신은 행복하다 이거야? 나를 기만하는 거야? 자랑하는 거야 뭐야?' 같은 생각이 맴돌고 있을지도 모를 일이다.

하지만 이 세상에 100퍼센트 순수한 마음이라는 건 존재하지 않는다. 타인을 100퍼센트 걱정해주는 건 불가능하다. 당연히 타인을 걱정해주며 말을 건네는 그 마음속에는 내가 너보다 나은 처지여서 다행이라는 마음이 1퍼센트쯤은 들어갈 수도 있고, 내가 스스로 착한 사람처럼 느껴져서 좋은 마음이 3퍼센트쯤 들어갈 수도 있다. 나아가 상대를 진심으로 걱정하는 마음이 90퍼센트이지만, 나도 모르는 내 안의 2퍼센트쯤 되는 욕망은 상대가 실제로 더 나아지지 않길 바랄 수도 있다. 원래 모든 사람의 마음속에는 악마와 천사가 함께 살기 마련이어서 100퍼센트의 선의라는 건 불가능하다.

그래서 오히려 문제가 되는 건 타인의 마음속에 있는 80퍼센트나 90퍼센트쯤 되는 마음은 무시한 채 그 속에 숨어 있는 1퍼센트나 2퍼센트쯤 되는 마음을 끄집어내어 거기에만 집착하고, 그것을 '진심'이라고 몰아붙이는 태도다. 이런 일들은 연인 관계나 가까운 관계에서 특히 자주 일어난다. 가령 네가 나를 위한다고 하지만 사실은 너 자신을 위한 게 아니냐는 식으로 몰아붙이는 경우가 그렇다. 그러나 세상에는 당신을 위하는 마음과 나를 위하는 마음 중 하나만 있는 사람은 없고, 단지 비중에서 다소 차이가 있을 뿐이다. 대개 당신을 위한 일 사람은 어느 행동 하나도 무수한 마음들을 품고서 행하기 때문에 나 자신이나 타인이 100퍼센트 순수하기를 바라는 일은 불가능을 원하는 것이다. 삶에서는 반드시 이 티끌 없는 순수한 마음을 바라는 완벽주의를 버려야 하는 시점이 온다.

은 나 자신을 위한 일이기도 해서, 그 비중이 반반쯤 되는 관계가 차라리 이상적이다.

　　보통 타인 속에 있는 어떤 불순물 같은 마음의 일부를 견딜 수 없는 건 자기방어와 관련된 듯하다. 타인의 90퍼센트 선의가 아닌 100퍼센트 선의만을 바라고 믿고 원하는 것은 혹시라도 당할지 모를 배신을 미리 피하기 위해 만들어진 강박일 수 있다. 자신의 불안 때문에 타인에게 불가능한 것을 요구하는 것이다. 사람은 어느 행동 하나도 무수한 마음들을 품고서 행하기 때문에 나 자신이나 타인이 100퍼센트 순수하기를 바라는 일은 불가능을 원하는 것이다. 삶에서는 반드시 이 티끌 없는 순수한 마음을 바라는 완벽주의를 버려야 하는 시점이 온다. 대신 이 불순하고도 불완전한 너와 나의 관계를 그대로 받아들여야만 하는 것이다.

이해 혹은 매도에 대하여

　타인을 대하는 방식은 크게 두 가지가 있다. 하나는 이해하려는 것이고, 다른 하나는 매도하려는 것이다. 사실 우리가 누군가를 이해하려고 마음만 먹는다면 극악무도한 범죄자라도 이해할 수 있다. 그 범죄자가 내가 정말 사랑하는 사람이라면 오히려 그를 불쌍히 여길 만큼 깊이 이해할 수도 있다. 그의 환경, 인생 여정, 당시의 상황, 내면의 결핍 등 온갖 것들을 통해서 말이다.

　반대로 우리가 누군가를 매도하려고 마음먹는다면 그가 아무리 인간보다는 천사에 가까운 존재일지라도 밑도 끝도 없이 매도할 수 있다. 그의 이타적 행동은 알고 보면 깊은 자기만족에서 오는 이기적 행위이다. 그가 이렇게 착하게 살 수 있는 건 부유하게 자랐기 때문이다. 그는 선한 척하지만 알고 보면 다 자기 평판을 위한 것이다. 그가 장애인을 위한 헌신적인 활동은 하지만 아프리카 아이의 인권이나 닭의 동물권에 대해 말하지 않는 걸 보면 사실 차별주의자다. 무엇이든 다 갖다 붙여서 매도할 수 있다.

그래서 언젠가부터 나는 사람을 착한 사람과 나쁜 사람으로 나누는 일에 큰 관심이 없어졌다. 그 대신 나랑 잘 맞는 사람인가, 내가 충분히 이해하고 싶은 사람인가, 나랑 조화롭게 어울릴 수 있는 사람인가를 더 중요하게 생각한다. 어차피 그 누군가가 내 기준에서 아무리 좋은 사람일지라도 다른 누군가에게는 때려죽여도 부족할 사람일 수 있다. 가령 내가 생각하는 참 좋은 변호사가 상대편 당사자에게는 원수일 수도 있고, 내가 믿는 참 훌륭한 회사 대표가 그 직원한테는 원망스러운 상사일 수도 있다.

세상사의 그런 복잡한 욕망들 속에서 누군가를 객관적으로 착한 사람이나 나쁜 사람이라 규정하는 건 정말이지 쉽지 않다. 선인인 듯 보이는 사람 안에 이기적인 탐욕이 있기도 하고, 악인인 듯 보이는 사람도 각자의 사정이 있을 수 있다. 그러다보니 무 자르듯이 선인과 악인을 나누기가 어렵다. 그냥 나는 내 선에서 개인적인 호불호를 판단하고 가까이하거나 멀리할 뿐, 그 이상에 대해서는 그냥 '판단중지'를 내리고 그저 나 자신이나 잘 반성하자고 생각한다.

비슷한 맥락에서 한 사람에 대한 판단도 너무 쉽게 내려서는 안 된다고 느낀다. 내가 섣불리 누군가에 대해 내린 판단이 달라지는 경우도 많기 때문이다. 거듭 만나보고, 이야기를 더 깊이 들어보고, 그의 생각이나 삶을 따라가다보면 최초의 내 편견을 넘어서 그를 더 깊이 이해하게 되곤 한다. 그러면 오히려 편견을 갖고 빠르게 판단했던 나 자신을 반성하게 되는 경우도 적지 않다. 사람은 깊게 사귀고 볼 일이다.

그야말로 손쉬운 판결과 매도가 넘쳐나는 세상이다. 잘 모르는 '셀럽'에 대해서도 그가 한 말 한마디, 어록 하나 어디서 주워듣고 악플부터 쓰기 바쁘다. 흥미로운 소문들은 늘 손쉽게 누군가를 악인으로 만들 수 있는 이야기들이다. 그런 가운데 누군가의 이야기를 가만히 듣고 이해하려는 시도 자체가 이런 몰이해의 세상에서는 하나의 해독제가 될 수도 있다. '찬찬히 들어보고 이해하기'만큼 이 시대가 품은 '몰이해의 독'을 치료해가는 효과적인 해독제는 없을 것이다.

타인은 항상 나보다 자존심이 세다

　타인을 대할 때는 항상 나보다 자존심이 더 강하다고 생각하면 좋다. 이 세상에 나보다 자존심이 약한 사람은 없다, 그러므로 가능하면 그의 의견이나 생각, 생활 방식을 옳은 것으로 내버려두자, 하고 생각하는 것이다. 사람이라는 존재는 남들보다 내가 더 옳고, 내 생각이 맞고, 내 감각이나 감정이 그 자체로 틀리지 않다고 믿기 쉽기 때문이다.

　청년 시절은 사람을 대하는 조심스러움을 배우는 과정이었다. 누군가에게 함부로 말하고 상처 주고 후회하면서, 적당한 거리 안에서 타인을 존중하는 방법도 점점 배워왔다. 어릴 때는 타인이나 타인의 말을 함부로 평가하고 규정지을 수 있는 능력이 멋있어 보이던 때도 없지 않았다. 그러나 그런 일들이 현명함보다는 무례함에서 나온다는 것을 점차 알게 되었다.

　자기 말의 옳음과 합리성으로 그 누군가를 찍어 누르는 경험을 해보면, 자기에 대한 확신감이 들고 우월함의 쾌락 같은 걸 느끼게 된다. 그러나 나이가 들어갈

수록 그런 일에서 쾌감보다는 반성이나 후회를 더 많이 하게 된다. 생각할수록 세상에 완전히 틀리거나 완전히 옳은 생각은 없기 때문에 '당신이 옳을 수도, 내가 옳을 수도 있다'라고 선을 긋는 경계 지점을 스스로 알아야 한다고 느낀다.

물론 자기만의 주장을 분명하게 펼치면서 단호해야 하는 순간도 있겠지만, 내게 그런 영역은 직업적인 글쓰기 정도에 국한되는 듯하다. 글을 쓰거나 변론을 할 때는 분명한 관점을 남겨야 할 때가 있다. 그러나 일상생활은 다르다. 글쓰기 안에서야 나름 확고한 입장이라는 것을 완결 지을 수 있을지 몰라도, 일상생활에서는 나도 어디까지나 불완전하고 부족한 인간에 불과하기 때문이다. 나는 윤리적으로 완벽하지도 않고, 완전히 일관된 기준을 갖고 살지도 않으며, 스스로에게 그렇게 엄격하지 않기도 하다. 내가 보는 타인들이 그러하듯, 나도 다를 게 없다.

그래서 가능하면 살아가면서 만나는 사람들의 자존심을 지켜주려고 애쓰게 된다. 가까운 사람에 대해서도 마찬가지다. 어느 선에서 한 발 물러나서 그 사람을 넌지시 바라보며, 그 사람의 어떤 생각이나 마음을 그대로 두고 지켜주어야 하는 순간이 많다는 걸 느낀다. 그저 그렇게 놓아두는 것이다. 좋은 삶이란 사람과 사람이

얽혀서 절대적인 옳고 그름을 판별하는 일이라기보다
는, 그렇게 서로를 서로인 채로 이해하며 조금씩 다가가
고 깊어지는 일에 더 가깝다.

'완벽한 사람들'에 대한 상상을 버리기

　　많은 사람들에게 공통되는 불치병이 하나 있다면, 세상에 완벽한 누군가가 존재하리라고 상상하는 병이다. 이런 상상은 자주 삶을 파괴한다. 하지만 단언컨대 세상에 완벽한 사람은 없다. 완벽한 부부도 없고 완벽한 가정도 없다. 만약 누군가가 완벽해 보인다면 내가 그들에 관해 충분히 모른다는 것을 의미할 뿐이다. 누구도 완벽한 삶, 완벽한 행복을 가지고 있지 않다.

　　그럼에도 우리는 어딘가에 완벽한 사람들이 있으리라고 생각한다. 돈도 많고, 예쁘고 잘생기고, 성격도 좋고, 매일이 풍요롭고, 마음의 결핍도 없고, 항상 여유와 기쁨 속에서 살아가는 그 누군가가 있으리라고 상상한다. 그저 주어진 환경 때문에, 그가 가진 것들 때문에 온전한 여유와 완전한 행복을 누리는 누군가가 있으리라고 생각한다. 그러나 그런 사람은 없다.

　　누군가가 그나마 남들보다 더 평온하고 행복하며 좋은 삶을 사는 것 같다면, 그는 필사적으로 불행과 싸우고 있는 것이다. 돈이 많든 적든, 도시에 살든 자연에 살든, 혼자 살든 사랑하는 사람과 살든, 그는 스스로를 불행하게 할 수 있는 것들과 매일 싸우고 있다. 그것이 마음속의 결핍이나 우울이든, 예민한 심성이든, 부족한 물질적 조건이든, 얻지 못한 사회적 평판이든, 무엇이든 그는 그것들이 자신을 불행하게 해서는 안 된다고 다짐하면서, 자기가 그나마 가진 것들을 사랑하고자 필사적으로 매일같이 싸우고 이겨내고 있다.

내가 이렇게 확신하는 이유 중 하나는 어릴 적부터 흔히 '남부럽지 않은' 삶을 사는 사람들을 많이 봐왔기 때문이다. 수백억대의 자산가, 모두가 알 법한 유명인, 사회적으로 높은 지위를 얻거나 자기 성취를 누리는 사람들을 가까이에서 만날 기회가 제법 있었다. 그들 중 상당수는 남들이 부러워하는 것에 비해 한참 못 미치는 행복을 누리고 있고, 오히려 불행에 가깝게 사는 경우도 많다는 사실을 알고 있다. 반면 행복에 가까운 삶을 사는 사람들도 보았는데, 이들이 가진 건 대개 외적인 조건보다는 마음의 힘인 것처럼 보였다.

세상의 많은 사람들이 그저 평온하게 살아가기 힘들어한다. 그 이유는 그들이 가진 것이 적어서라기보다는 마음의 뒤틀림 때문이다. 누군가는 피해의식이나 자기연민 때문에, 누군가는 허황한 꿈이나 과대망상 때문에, 누군가는 지나친 권력욕이나 명예욕 때문에, 누군

완벽한 삶은 없다.

대개 내가 사는 삶이 살 만하다고 느낀다면,

오늘 하루도 나쁘지 않았다고 생각한다면,

조금 행복한 기분을 느낀다면,

그 정도라면 인간으로서는 가장 괜찮은

삶을 살고 있는 것이다.

가는 고질적인 불만족이나 폭력적인 심성 때문에 사실 제법 괜찮게 살아낼 수 있는 나날들을 스스로 내다 버린다. 세상 어딘가에는 '완벽한 사람들'이 살고 있을 거라 믿고, 내가 그렇지 못함에 한탄하는 것 또한 그런 고질병에 속한다.

완벽한 삶은 없다. 그러나 아무리 되새기고 강조해도 이 진실을 자주 잊어버린다. 그러다 문득 다른 삶을 알면 알수록 그 속에 있는 결핍이나 문제들을 마주하게 되고, 누구의 삶도 역시 나의 삶처럼 그렇게 완벽하지 않음을 깨닫게 되곤 한다. 대개 내가 사는 삶이 살 만하다고 느낀다면, 오늘 하루도 나쁘지 않았다고 생각한다면, 조금 행복한 기분을 느낀다면, 그 정도라면 그 이상의 삶은 없을 것이다. 그 정도라면 인간으로서는 가장 괜찮은 삶을 살고 있는 것이다.

시기심의 시대를 살아가는 법

　우리 사회는 어느덧 시기심의 사회가 되었다고 해도 과언이 아니다. 달리 말하면 '상대적 박탈감'의 시대라고 할 수도 있다. 사람들은 옆집 사람이 무슨 차를 타는지, 직장 동료가 이번 휴가에는 어떤 호텔에 다녀왔는지, 동기 동창들이 어느 동네 아파트에 사는지를 의식하며 매일같이 서열을 나누고 미세한 박탈감과 시기심 속에 살아간다.

　시기심은 인간이 가진 아주 파괴적인 감정 중 하나이다. 내가 그 누군가에게 시기심을 느낀 적이 있다면, 그 순간은 거의 죽을 때까지 잊지 못한 채 가시처럼 뇌리에 박혀버린다. 이 가시를 제대로 뽑아내지 못하면 어떤 식으로든 삶을 파멸시킬 수 있다.

　시기심이 삶을 파괴하는 하나의 방식은 상대방에게 집착하게 하는 것이다. 인간은 자기에게 괴로운 감정을 불러일으키는 상대에게 오히려 집착하며 중독되는 묘한 성향이 있다. 궁중에서 일어난 각종 권력 투쟁도 시기심이 얽혀 있고, 고흐와 고갱, 니체와 바그너 등 예술가들이나 학자들의 전기에도 시기심이 얽힌 에피소드가 심심찮게 등장한다.

시기심을 한 번 느끼면 우리는 상대에 대한 미움을 완전히 뽑아낼 수 없게 된다. 그러다 어느 순간 상대가 몰락하거나 파멸이라도 하면 입가에 미소를 숨길 수가 없다. 요즘에는 유튜버 등 여러 인플루언서가 인기를 얻다 추락하는 경우, 즉 소위 '나락'으로 가는 경우 댓글로 조롱하며 즐거워하는 사람들도 심심찮게 볼 수 있다. 독일어로는 '샤덴프로이데Schadenfreude'라고도 하는 이 감정, 즉 타인의 몰락에서 기쁨을 느끼는 감정은 가장 악마적인 것에 가까운 감정일 것이다. 그가 나에게 무슨 죄를 저지른 것도 아닌데 단지 그가 잘못되는 것만으로도 기쁘다니, 이런 감정에는 확실히 소름 끼치는 데가 있다.

시기심이 작동하는 또 다른 파멸적인 방식은 스스로를 고립시키는 것이다. 시기심의 에너지가 밖이 아니라 안으로 향하게 되면 일종의 극단적인 회피 반응이 생긴다. 나에게 시기심을 불러일으키는 사람들을 모두 피하면서 고립을 자처하는 것이다. 세상 모든 시기심으로부터 도망치며 사람들을 기피하게 되는 것이다.

이처럼 시기심이 불러일으키는 집착과 회피에 대처하기 위해서는 무엇보다 시기심을 있는 그대로 마주하는 게 중요하다. 나는 왜 그에게 시기심을 느끼는가? 과연 그 시기심은 정당한 것인가? 그에게는 나보다 더 나은 점이 있을 수 있지만, 나에게도 더 나은 점이 있기 마련이다. 인간은 저마다 더 잘난 점이 있으면 더 못난 점도 있다. 더 나은 점이 있으면 더 부족한 점도 있다. 모든 면에서 시기심을 불러일으킬 만큼 서열이 우월한 사람은 없다. 그저 각기 다른 장단점을 가지고 살아갈 뿐이다.

대개 시기심이란 나는 한없이 부족하고 모자란데 반해 상대방은 마치 세상을 다 가진 것처럼 완벽하게 보이는 순간 발생한다. 그러나 완벽한 삶 같은 건 없다는 점을 생각해보면, 시기심이 가리키는 것이 상대의 풍족함보다는 나 자신의 결핍이라는 것을 알 수 있다. 즉 시기심은 나의 결핍이 무엇인지 알게 한다. 그와 동시에 내가 그 밖에 무엇을 가지고 있으며, 어디에 가치 기준을 두고 살아가는지를 알려주는 표지가 된다. 누구도 세상 모든 걸 가질 순 없고, 각자가 가치 있다고 믿는 것에 무게중심을 두며 살아갈 뿐이다.

단순한 '부러움'은 상대를 닮고 싶고 나도 성장하고 싶은 마음, 나아가 상대를 진심으로 축하하고 존경하는 마음으로 나아간다. 그러나 시기심은 내 결핍에 박힌 가시가 되고, 좀처럼 뽑히지 않은 채 거기에 더 몰두하게 만든다. 그런데 이 가시 박힘을 극복하지 못하면 우리는 진정으로 자신의 삶을 사랑할 수도 없고 자기 자신이 누구인지도 알 수 없다. 삶에는 반드시 시기심을 이겨내야 하는 순간이 온다. 이때 우리의 결핍을 마주하고 내가 가진 좋은 것을 기억한다면 우리는 다음으로 나아갈 수 있다. 집착과 회피에 매몰되기보다는 내 삶의 좋은 것을 기억하며 더 진정한 나 자신이 되어갈 수 있다.

통제 지옥

《사람을 안다는 것》,《불안세대》,《인간 본성의 법칙》등 관계에 관한 여러 책들에서 공통적으로 지적하는 문제적인 인간상이 있다. 바로 '통제 욕구'가 매우 강한 인간상이다. 특히 자녀에 대한 통제 욕구가 지나친 부모나, 직원들에 대한 통제 욕구가 강한 회사 대표 등이 얼마나 파괴적인 결과를 초래하는지가 여러 책에서 반복적으로 등장한다. 자신의 불안을 견딜 수 없어서 타인의 '모든 것'을 통제하고자 하는 경우, 대개 그 타인은 지옥을 맛보며 철저하게 인격과 인생을 파괴당한다는 것이다.

우리는 살아가면서 수많은 것들을 통제하고 싶은 욕구를 떨쳐내기 힘들다. 어릴 적에는 친구가 나 아닌 다른 친구랑 놀기만 해도 질투나 소외감을 느끼곤 한다. 조금 크면서 연애를 하다보면 매일 아침, 점심, 저녁 연락은 기본이고, 혹여라도 오늘 밤 상대가 연락이 안 되면 미쳐버릴 것 같다는 사람도 적지 않다. 자녀가 태어난 이후에는 걱정 반 불안 반으로 혹여나 다칠까봐, 나쁜 것에 물들까봐, 혹은 내 기대만큼 '대단한 존재'가 되지 못할까봐 자녀의 모든 것을 통제하려는 경우가 흔하다.

이런 통제 욕구는 인류 공통의 문제겠지만, 우리 나라에서도 심각해 보인다. 어렸을 때부터 경험하는 통제 중심의 양육이나 교육 환경 때문일 수도 있고, 서로에 대한 참견이 강한 집단주의의 잔여물일 수도 있다. 그 결과 우리 사회에는 통제당하는 지옥을 맛본 사람들과, 그렇게 지옥을 경험한 사람들이 다시 만들어내는 통제 지옥이 꽤나 광범위하게 형성되는 것 같다.

《성격 좋다는 말에 가려진 것들》에서 심리학자 이지안은 '자기허용' 혹은 '자기자비'의 중요성을 강조하는데, 우리가 스스로 가지고 있는 여러 강박적인 틀에서 벗어나는 일이 얼마나 중요한지를 이야기한다. 이는 '자기해방'을 위해서도 중요하지만, 동시에 타인에 대학 비폭력의 관점에서도 매우 중요해 보인다. 가족을 비롯한 주변 사람들을 은근히 가스라이팅하며 통제하여 나의 불안을 떨쳐내려는 습성이 너무 광범위하게 퍼져 있기 때문이다.

개인적으로 나는 상당히 허용적인 환경에서 큰 편이라 생각한다. 부모님은 내가 하고 싶은 것은 대체로 하게 내버려두었고, 폭력적으로 강요한 기억이 그리 많지 않다. 중학생 때쯤에는 맨날 밤새 게임하느라 그 이후로는 키도 별로 안 커서, 지금의 키가 열다섯 살 때 키로 멈춰 있다. 고등학생 시절에도 밤새워 소설을 쓸 때, 공부 안 하고 왜 그런 걸 하느냐는 말을 들어본 기억이 딱히 없다. 대학생 때부터 혼자 살기 시작하면서 거의 10년간을 학생이자 백수처럼 지냈지만, 주로 들은 말은 '너를 믿는다'에 가까웠다.

그래서 그런지 몰라도 나는 아이를 다소 허용적으로 키우고 싶은 마음을 갖고 있다. 이거 안 되고, 저거 안 되고, 이래선 안 되고, 저래선 안 된다보다는, 일단 하고 싶은 게 있다고 하면 같이 해보려고 한다. 또 나는 정작 조금 불안해도 아이가 혼자 놀이터에 놀러 가는 연습도 하게 한다. 한번은 유치원생 아이를 혼자 편의점에 가게 해보았는데(아주 멀리서 몰래 따라가긴 했지만), 아이에게 자율성을 가르쳐주고 싶었기 때문이다. 자율성을 허용할 때 아이도 독립심을 갖고 자기 자유를 누릴 수 있는 존재로 커나갈 것이라 믿는다. 나아가 이는 모든 관계에서도 마찬가지로 중요할 것이다.

타인을 타인대로 내버려두어도 내가 혼자 버려지지 않는다는 사실을 믿어야 한다. 타인이 타인의 삶을 살아간다고 해서 내가 소외된다고 느껴선 곤란하다. 인간에 대한 독점욕이나 지나친 소유욕에 사로잡히는 것도 경계해야 한다. 물론 함께 살아가는 사람들이 서로를 챙기며 배려하는 것은 중요하지만, 그렇다고 해서 지나치게 통제하려고 하는 순간 모든 관계의 붕괴가 시작된다. 지나치게 통제당한 자녀는 언젠가 정신적인 문제를 앓으며 부모를 원망하게 될 수 있다. 중요한 건 당신의 삶을 있는 그대로 바라보며, 때론 약간의 아픔을 느낄지라도 서로의 거리를 인정하며 기다려주고 지지해주는 것이다. 모든 관계는 서로에게 의존하면서도 독립적이어야 하며, 그것이야말로 관계에서의 '존중'이라고 부를 수 있을 것이다.

타인의 진심을 알고자 한다면

권위적이거나 다혈질적인 직장 상사는 부하 직원의 진심을 결코 알 수 없다. 부하 직원이 그에게 진심을 말할 리가 없기 때문이다. 즉 어떤 종류의 사람은 진짜 정보와 지식으로부터 원천 차단당한다. 그는 그로 인해 진짜 세상을, 진짜 사람을 알 수 없다. 사람들이 그의 성격이나 성향을 알고, 진실을 말하지 않기 때문이다. 그래서 타인의 마음을 알고자 하는 리더는 관대할 필요가 있다.

마찬가지로 피해의식이나 열등감이 심한 사람도 타인의 진짜 마음을 알 수 없다. 사람들은 그 앞에서 진실을 말하지 않을 테니 말이다. 그보다는 그저 그의 기분이 상하지 않는 데만 신경 쓰고 적당히 둘러대며 거짓을 내보일 것이다. 그렇기에 히스테릭한 사람은 아무리 사람을 만나고 또 만나도 타인들과 가까워질 수 없다. 마치 투명한 벽이 있는 것처럼 말이다.

그래서 만약 우리가 타인의 진심을 알고자 한다면 무엇보다도 관대해야 한다. 달리 말하면 이해심을 갖고 타인을 대해야 한다. 이런 사람은 때로 '호구' 같아 보이거나 '약해' 보일지도 모른다. 그런데 사실은 그런 사람이 가장 강하다. 그는 타인들의 이야기들을 알게 되고, 마음을 알게 되며, 깊이 있는 곳에서 인간을 만날 수 있게 되기 때문이다.

권력과 폭력을 통해 피상적으로 타인을 다루는 사람은 강해 보이지만 사실은 가장 외롭고, 취약하고, 금방 허물어질 것처럼 텅 비어 있다. 그에게는 진짜 정보, 지식, 앎이 없고, 위선과 거짓으로만 삶이 채워져 있을 뿐이다. 그러나 이해와 수용으로 타인을 대하는 사람은 꽉 찬 사람이 된다. 그는 진심으로 엮인 삶의 힘을 이해하고, 구체적인 관계 속에서 삶의 깊이를 받아들인다.

이 깊은 삶을 사는 사람들이야말로 실제로는 더 강한 사람들이다. 그들은 타인의 마음을 알기 때문에 쉬이 흔들리지 않는다. 이를테면 명품으로 치장한 사람의 불안과 공허함을 알아보고, 잘난 척하는 사람의 상처를 이해하며, 오만한 사람의 허영심을 납득하기 때문이다. 인간의 진짜 마음을 항상 듣고 살기 때문에 누구도 그렇게까지 부러워하거나 시기할 필요도 없고, 그로 인해 자기 자신을 미워할 필요도 없음을 안다.

누군가는 거짓된 관계와 세상 속에서 살아가지만, 누군가는 진실과 진심이 있는 세계 속에서 살아간

권력과 폭력을 통해 피상적으로

타인을 다루는 사람은 강해 보이지만

사실은 가장 외롭고, 취약하고,

금방 허물어질 것처럼 텅 비어 있다.

그에게는 진짜 정보, 지식, 앎이 없고,

위선과 거짓으로만 삶이 채워져 있을 뿐이다.

다. 어차피 한 번뿐인 삶을 사는 것이라면 후자의 삶을 택해보는 것이 나쁘지 않다. 그렇다면 그 삶으로 가는 문은 하나뿐이다. 그것은 이해와 관대, 수용의 문이다. 이 문을 열면 우리는 비로소 진실을 듣게 된다. 마치 플라톤의 '동굴의 비유'에서처럼, 누군가는 동굴 속에서 바깥에 지나가는 사람들의 그림자만 보며 살겠지만, 누군가는 동굴 밖으로 나와 진실을 볼 것이다. 그렇게 나와 타인을, 인간을 이해하는 삶을 살 것이다.

그의 마음에 가장 필요한 말

　사람이라면 누구에게나 상처가 있다. 그러나 우리는 대체로 타인의 상처에 관해 잘 알지 못한다. 자기 내면의 상처를 동네방네 떠벌리고 다니는 사람은 흔치 않기 때문이다. 직장 동료와는 대체로 업무에 대해 이야기하거나 주말의 드라마 등 가벼운 소재로 대화를 나눈다. 아이 친구의 부모나 사회생활을 하다 만난 사람들이 갑자기 나를 앉혀놓고 오랜 상처를 털어놓을 일은 거의 없다.

　그렇기에 우리는 타인의 상처에 관해 잘 생각하지 못한다. 말하지 않는 것 너머에 어떤 특별한 이유가 있을 거라고까지 구체적으로 상상하긴 어렵다. 그러다 보니 때때로 타인이 보이는 이상한 행동, 어떤 무례함, 불완전해 보이는 행동이나 다소 비윤리적으로 보이는 각종 사고방식 등에 대해 아주 단순하게 생각한다. '이 사람 좀 이상하네.' 조금 더 현명하면 이렇게 생각하기도 한다. '이 사람 좀 특이하네. 뭔가 이유가 있겠지.'

　그러나 그 진짜 이유를 알기 전까지 우리는 타인

을 온전히 이해하기 어렵다. 그러다가 어떤 우연한 계기로, 혹은 관계가 깊어지면서 타인의 진짜 마음을 알게 되는 순간들이 있다. 그가 어떤 일에 과민반응하는 것, 혹은 어떤 일에 피해의식을 보이는 것, 혹은 어떤 결핍에 유난히 예민한 것에 대해 '그래서였구나' 하고 결정적으로 이해하게 될 때가 있다. 그렇게 이해해버리고 나면 우리는 그를 완전히 미워할 수 없게 된다.

그래서 이해는 때로 위험하다. 그 사람을 깊이 이해하면 이해할수록 그 사람을 용서할 수밖에 없고, 사랑할 수밖에 없다. 명백하게도 이해는 사랑과 직결된다. 이해한다는 것은 그의 입장에서 세상을 바라본다는 뜻이고, 그의 몸 곳곳에 새겨진 상처의 흔적을 마치 '그가 된 것처럼' 경험한다는 뜻이다. 성경의 저 오랜 구절대로 타인을 내 몸과 같이 체험하게 되는 것이다. 그럴 땐 원수마저도 사랑할 수 있게 된다.

요즘같이 개개인의 거리와 각자의 삶이 중요한 시대에 이런 '이해'는 확실히 위험하다고 말할 수밖에 없다. 그러나 이해는 우리가 타인과 진정한 관계를 맺으며 사랑할 수 있는 유일한 방법이기도 하다. 위험을 무릅쓰고 나는 당신을 이해하겠다, 라고 결심하는 순간 그는 내 삶에 들어온다. 여기에서 적당히 이해하면서 거리를 둘 것인가, 아니면 진짜 제대로 이해하여 그와 같이 삶을 살 것인가, 하는 결단의 순간이 온다. 이 결단을 받아들이느냐 회피하느냐에 따라 나는 나와 살아갈 사람을 결정하게 된다.

그렇게 하여 이해와 사랑으로 진입하게 되면 이제 우리는 그 사람에게 어떤 말을 걸고 싶어진다. 그 말은 마치 별과 별이 만나는 순간의 빛처럼 어떤 공명을 일으킨다. 우리가 타인에게 정말로 깊게 공감하면 그의 마음에 가장 필요한 말을 할 수 있다. 당신에게 이 순간 가장 필요한 말, 당신에게 이 순간 기적이 되는 말, 당신에게 구원이 되는 말을 할 수 있다. 가령 어떤 시절, 어떤 순간의 이런 말들.

"그건 네 잘못이 아니야."

"너는 할 수 있어. 너 자신을 믿어."

"아니야, 도망치지 마. 도망치면 안 돼."

"너는 좋은 사람이야. 너도 그걸 알고 나도 그걸 알아."

"힘들겠지만 이 순간을 견뎌야 해. 그럼 너는 반드시 빛날 거야."

"포기하지 마. 지금 포기하는 건 네가 진짜로 원하는 게 아니잖아."

"너는 잘해왔어. 나는 알아. 그러니까 자책하지 않아도 돼."

3.

다정함은
상호적인 것이다

관계의 원리

약할수록 강해진다

아내를 만나고 관계를 대하는 방식에 변한 것이 있다. 아내는 상대에게 자신의 약점이나 부족한 점을 스스럼없이 드러내고 솔직하게 대하는 편이었다. 그에 반해 나는 다소 상대를 경계하면서 관계를 시작했고, 스스로에 대해서도 약간 완벽주의를 고수하려는 면이 있었다. 그러나 아내와 관계를 맺어나가다보니 나의 관계 맺기도 아내를 닮아간다.

사람을 만나면 먼저 나를 내어주려고 한다. 내가 가진 모자란 점이나 부족한 면들에 관해 너무 경계심을 갖지 않고 이야기하려고도 한다. 어차피 우리 모두는 불완전한 인간이고 저마다 결핍이나 어려움들을 갖고 있다. 그렇게 당신에 대한 믿음을 보여주면 상대도 내게 경계심을 내려놓고 자신을 내어준다는 걸 느끼곤 한다. 그것이 사람과 사람의 관계라는 걸 알게 된다.

사람이란 대개 안심할 수 있는 존재들을 찾고 있다. 나만 부족하거나 아쉽거나 어려운 게 아니라는 것, 당신이 나를 깔보거나 무시하지 않을 거라는 것, 당신이 나를 믿는 만큼 나도 당신을 믿고 싶다는 것, 그런 것들을 누구나 바란다. 약점 잡히면 곧 세상이라도 무너질 것 같지만, 생각보다 별일 없다. 오히려 약한 그 지점으로 사람은 이어지고 녹아내리고 접속한다.

　　나는 인간이 불완전한 존재라는 점에 대해서는 거의 매일, 수시로, 전방위적으로 이야기하고 떠올려도 과하지 않다고 생각한다. 누구도 완벽할 수 없지만 완벽해야 한다는 강박에 시달린다. 타인이 나를 바라보는 시선에 어떤 결점들이 있어서는 안 될 것 같다. 그러나 인간은 수많은 문제들로 덕지덕지 기워진 존재에 가깝다. 오늘도 내일도 실수나 잘못을 하고, 예상치 못한 어려움에 처할 것이 예정되어 있다. 그 어려움들을 서로 이해하는 일이 곧 사람과 사람 간의 관계 맺기다.

　　글쓰기 또한 글을 통해 진솔하게 타인을 만난다는 점에서 다르지 않다. 글쓰기란 나 또는 나의 생각, 나의 논리 같은 것을 완벽하게 포장하는 일이 아니다. 오히려 무엇도 완벽할 수 없는 세상 속에서 나의 한계를 인정하고 받아들이면서도, 자기의 믿음을 기필코 실현해나가고자 하는 어떤 조각난 의지의 행위여야 한다. 그 조각난 의지들로 이어지고자 하고, 그러한 이어짐으로 서로를 견뎌내고 함께하고자 하는 일련의 행위여야 한다.

　　삶이란 온통 완벽함을 가장하는 타인들 속에서,

삶이란 온통 완벽함을 가장하는 타인들
속에서, 서로에게 여린 사람들 간의 연대를
만들어나가는 일이다. 그런 연대 속으로
진입할수록, 약해질수록 사람은 강해진다.

서로에게 여린 사람들 간의 연대를 만들어나가는 일이다. 그런 연대 속으로 진입할수록, 약해질수록 사람은 강해진다. 이미 약함을 받아들이고 살아가는 삶은 쉽게 부서지지도 않는다. 그런 관계와 삶은 유리 같음과 반대편에 있는 진흙 같음이다. 진흙 같은 삶과 관계를 만들어가는 것이 바로 강해지고 온당해지는 길임을 갈수록 믿게 된다.

소통의 비결

언젠가부터 종종 강의나 북토크를 하면 여태까지 행사 중에 가장 반응이 좋았다는 이야기를 들을 때가 있다. 우리 회사 사람들이 이렇게 열심히 질문하는 걸 처음 본다, 이렇게 끝나는 시간까지 소통이 이루어지는 건 처음이다, 같은 피드백이다. 나는 그다지 대단한 달변가가 아니고, 화려한 효과를 자랑하는 PPT 사용법 같은 것도 잘 모른다. 그럼에도 이러한 피드백을 받는 데는 그럴 만한 이유가 있을 것이다.

어느 시점부터 나는 일방적인 형태의 소통 구조는 시효가 끝났다고 느꼈다. 우리나라에서는 특히 어릴 때부터 주입식 교육이 일상화되다보니 듣는 사람은 가만히 앉아 있고 강연자는 한 시간이건 두 시간이건 혼자 내내 떠드는 게 일반적이었다. 그러나 각종 교육 연구를 통해 그런 형태의 교육이 가장 비효율적이라는 것은 이미 증명된 사실이다.

더군다나 강의나 북토크는 현장에서 사람을 만나는 일인데, 어디를 가나 똑같은 말을 앵무새나 로봇처럼 반복하는 것에 스스로 문제의식도 느꼈다. 만약 정말 일방적으로 듣기를 바라는 사람이 있다면 유튜브나 온라인 강의를 들으면 될 일이다. 그러나 본인의 시간과 노력, 때론 돈까지 내고 현장까지 왔다면, 나는 그 사람이 '다른 경험'을 해야 한다고 믿는다. 그건 나 자신에게도 마찬가지다. 나도 아까운 시간을 써서 여기까지 왔는데, 그러면 내게도 매번의 시간이 새로운 경험이 되면 좋겠다고 생각한다.

그런데 소통이란 그렇게 마음먹는다고 곧바로 되지는 않는다. 특히 듣는 사람 입장에서 강연자는 처음 만나는 사람이기도 하고, 그가 내세우는 권위 같은 것에 위화감을 느낄 수도 있다. 그래서 아무리 질문해달라고 사정해도 속으로 평가만 하고 쉽게 질문하지 않는 경우도 많다. 그렇기에 나도 어떻게 진솔한 소통이 가능할지 고민하면서 아주 단순한 비결 하나를 알게 되었다. 타인과 진솔하게 소통하기 위해서는 내가 먼저 진솔하면 된다.

타인에게 고민과 질문을 강요하기 전에 먼저 나의 고민과 질문을 풀어놓으면 된다. 앞에 서 있는 작가나 강연자라고 해서 남들과 그리 다른 대단한 사람은 아니다. 여러 고민을 갖고 살고, 여러 감정적 어려움을 겪으며, 여러 시행착오를 겪어온 그냥 똑같은 한 명의 사람일 뿐이다. 그 단순한 진실을 공유하기만 해도 분위기가 녹고 자연스럽게 대화가 가능함을 느끼게 된다.

그렇게 소통의 영역으로 뛰어들고 나서 사람들의 질문을 받으면, 최대한 그 사람의 입장을 이해하고 함께 이야기하려는 자세가 중요하다. 질문을 듣고 나서도 자기 자랑이나 자기 지식을 늘어놓기에 바쁘다면, 또 거기에서 소통은 끝나게 된다. 사실 우리의 고민이랄 것은 입 밖에 내어놓는 순간, 스스로 말하는 순간 상당수 해결된다. 그저 나도 그와 비슷한 고민을 했던 순간을 떠올리고, 나의 사례를 참고 정도로 알려주는 것만으로도 대개 대화는 충분한 기능을 해낸다.

물론 내 글이 그렇듯 내가 말하는 방식이 모든 사람을 만족시킬 수는 없을 테고, 어떤 사람들은 대단히 실망할 수도 있다. 누군가는 처음부터 끝까지 체계적으로 이어지는 현란한 지식의 향연을 기대할 수도 있으니 말이다. 처음에는 나도 그렇게 해야 한다고 믿었지만 이제는 방법을 완전히 바꾸었다. 그런 지식 전파는 책이나 온라인 강의 정도로 하면 된다. 반면 사람이 있는 곳에 가는 일은, 그곳에 있는 사람과 눈빛과 육성을 교환하며 그 사람을 만나기 위해 뚜벅뚜벅 가는 것이다.

들어주는 법

좋은 대화의 방법은 들어주기의 방법과 떼려야 뗄 수 없다. 좋은 대화가 들어주기와 말하기로 이루어진 다면, 대략 80퍼센트 정도는 들어주기의 지분일 것이다. 내가 얼마나 좋은 말을 해줄지는 대화에서 생각보다 크 게 중요하지 않고, 그보다 얼마나 상대의 말을 잘 들어 줄 것인가가 중요하다. 좋은 대화의 경험이라는 것도 대 개는 상대로부터 얼마나 대단한 말을 들었느냐보다도, 상대의 경청에 힘입어 자기 스스로 얼마나 진솔한 이야 기를 풀어놓았느냐에 따라 좌우된다.

그런데 이 '들어주기'라는 것이 무조건 상대만 말 하고 나는 가만히 앉아 있는 것을 뜻하지는 않는다. 들 어줄 때에도 적극적인 제스처가 매우 중요하다. 들어주 기란 대략 공감, 질문, 침묵으로 이루어져 있다. 세상에 는 분명 잘 들어주는 사람이 있다. 잘 들어준다는 것은 가만히 잘 참고 앉아 있는 게 아니라 상대로부터 진솔한 이야기, 진심, 상대가 정말 하고 싶은 어떤 말들을 이끌 어낸다는 뜻이다. 보통 그런 들어주기에 익숙한 사람은 들어주는 일 자체를 즐기기도 한다.

공감은 그냥 '맞아, 그래'만 반복하는 것이라기보다도, 상대의 심정을 더 정확하게 이해하는 일과 관련된다. 많은 사람들이 말을 하면서도 자신의 진짜 심정을 잘 알지 못한다. 자신이 분노하는지, 슬픈지, 아픈지, 기쁜지, 즐거운지 미리 다 알고 이야기하는 경우는 별로 없다. 그럴 때 상대의 마음을 잘 들여다보고 '그래서 참 슬펐겠구나', '되게 화가 났겠다', '정말 기뻤겠다'라고 적극적으로 파악해서 상대의 감정을 지적해주면, 상대는 비로소 자신의 마음을 알게 되고 공감받았다고 느끼곤 한다. 들어주고 공감해주는 일이란 사실 상대가 스스로의 감정을 발견하도록 도와주는 일이다.

질문은 상대가 가진 방어기제를 무너뜨리면서 상대가 말하게 한다. 흔히 이런 이야기는 하면 안 된다, 누구도 나의 이런 이야기를 궁금해하지 않을 것이다, 말해봐야 지루하기만 하고 타박만 받을 것이다, 라고 여기는 말들이 있다. 그래서 어느 정도 말을 하다가도 그만두고 멈추는 지점들이 있기 마련이다. 들어주고 이야기를 이끌어내는 일이란 그렇게 상대가 멈춘 지점을 알아채고 그에 관해 물어보는 것이다. 그저 몇 가지 질문을 잘하는 것만으로도 많은 사람들이 마음을 열고 자기 이야기를 진솔하게 전달한다. 물론 때로는 나의 질문이 무례가 될 위험도 감수해야 할 것이다. 그러나 상대의 마음에 닿기 위한 몇 가지 질문은 그런 위험을 감수할 만한 가치가 있다. 또한 많은 경우, 사람들은 무례에 대한 사과만으로 그를 용서하고 다시 사랑한다.

침묵은 쓸데없는 말들을 자제하는 일과 관련 있다. 쓸데없는 말들이란 주로 알량한 자존심이나 자만심 혹은 상대에 대한 우월감을 드러내고 싶은 순간에 뿌리내린 말들이다. 그런 말들은 상대의 입을 틀어막는 차단벽과 같다. 상대와 마주 앉아 있는 목적이 적어도 나를 과시하는 것이 아니라 좋은 대화나 좋은 관계라면, 무엇이 그에 기여하는지 기억해야 한다. 나를 우러러봐주길 원하고, 나의 잘남을 전시하고자 하는 것은 대화보다는 경쟁에 어울리는 태도다. 이런 마음은 다른 곳에서 다른 방식으로 해소하는 게 나을 것이다.

나는 언젠가부터 내가 하고 싶은 많은 말들을 주로 글쓰기를 통해 해결하고 있다. 반면 사람들과 대화할 일이 있을 때는 가능하면 들어주고, 그 상황 속에서 서로에게 좋은 대화를 하려고 애쓴다. 굳이 할 필요 없는 말들을 많이 걸러내고, 가능하면 상대의 말이 내게 무척 가치 있는 것이라 믿으면서, 상대에게 이런저런 질문을 하기도 한다. 그러면 실제로 대화 자체가 즐거워진다. 그 이유는 내가 이 사람과 좋은 관계를 만들어나간다는 그 느낌 자체가 좋기 때문이다. 적어도 나는 좋은 대화란 그런 것이라 믿고 있다.

대화가 안 되는 사이

주변 사람들 이야기를 들어보면 부부 사이에서 가장 큰 문제는 '대화가 안 된다'는 것이다. 대부분의 부부가 이 대화 안 되는 것을 공통적인 문제로 꼽는다. 사람과 사람이 만나 서로 말하고 듣고 이야기를 주고받으면 되는 일인데, 대화가 안 된다는 것이 대체 무슨 뜻일까. 서로 외계어를 주고받는 것도 아닌데, 왜 우리는 대화가 안 된다고 할까.

이 '대화가 안 된다'는 것의 정체를 들어보면 몇 가지 유형이 있다. 하나는 서로가 자기방어로 가득한 경우다. 무슨 말을 하면 항상 자기 자신에 대한 공격으로 받아들이고, 상대는 자신이 '공격'했다는 걸 이해할 수 없어하고, 그러면서 계속 평행선을 달리는 것이다. 간혹 한쪽이 자기방어가 심하면 다른 한쪽이 그런 부분을 이해해주면서 대화가 가능한 경우도 있다. 그러나 양쪽 다 자기방어가 심하면 모든 말을 곡해하고, 신경질적으로 받아들이며, 각자의 피해의식 속에서 대화가 불가능해진다.

이런 부부간의 자기방어는 서로로 인해 생기는 경우도 적지 않은 것 같다. 예를 들어 한 사람이 다른 한 사람에게 돈을 많이 벌지 못한다며 비하한 적이 있으면, 다른 한 사람은 그에 대한 자기방어가 생긴다. 그러면 한 사람이 돈 많은 사람을 부러워하거나, 돈을 아끼자는 이야기를 하거나, 자신의 신세를 한탄하면, 상대는 그 모든 걸 '돈을 적게 버는' 자기 자신에 대한 공격으로 받아들이는 것이다. 이런 식으로 서로 싸우면서 늘어난 자기방어와 피해의식의 성벽들이 많아질수록 대화는 점점 불가능해진다.

조금 다른 경우는, 어떤 두려움 때문에 각자의 가치관을 포기하지 못하는 경우다. 보통 사람들은 자기도 잘 모르는 두려움을 갖고 있는데, 이 두려움 때문에 상대를 구속하거나 절대로 자기 고집을 꺾지 못하는 일이 생긴다. 상대가 무슨 일을 하고 싶은데 절대로 못하게 한다든지, 상대가 어떤 일을 했는데 지나치게 타박한다든지, 절대로 상대와 타협하지 못하는 경우, 그는 대개 어떤 깊은 두려움을 가지고 있다.

'그래, 한번 해봐', '당신이 원하는 대로 해봐', '당신이 하고 싶으면 해봐야지' 하는 말은 적어도 그 일에 대한 두려움을 극복한 사람만이 할 수 있는 말이다. 그러나 대개 우리는 내 가치관이 아닌 다른 가치관에 대한 두려움이 크다. 집을 사면 집값이 오르지 않을 것 같은 두려움, 멀리 여행을 떠나는 것에 대한 두려움, 새로운 일을 하는 것에 대한 두려움이 강한 사람은 함께 공동체를 이룬 사람이 그와 같은 일을 하는 걸 받아들이지 못한다. 더 흔하게는 이성과 밥만 먹어도 바람이 날 것처럼 두려워하는 경우도 있다. 그래서 자기 자신의 삶에서도 그랬듯 상대의 삶에서도 그런 일을 차단하고자 한다. 그는 자기의 그 두려움을 건드리는 상대의 가치관을 용납할 수 없고, 상대와 결코 대화할 수 없는 지점을 갖게된다.

결국 보통 대화를 잘한다는 것은 크게 두 가지를 이겨낸 결과이다. 하나는 자기방어를 이겨낸 것이고, 다른 하나는 두려움을 이겨낸 것이다. 그래서 대화를 잘하는 사람은 상대의 말을 자기에 대한 공격으로 받아들이지 않는다. 달리 말하면, 상대가 자신을 공격할 것이라 믿지 않는다. 이는 어느 정도 상대에 대한 신뢰와 자기에 대한 자신감을 필요로 하는 일이다. 그러나 어릴 적부터 모든 것을 비교당하며 평가에 의한 우열과 경쟁에 익숙해진 사람은 그런 근본적인 신뢰를 갖기가 더 어려울 것이다.

또한 대화를 잘하는 사람은 인생에서 아주 나쁜 일이란 좀처럼 일어나지 않을 거라 믿기도 한다. 어지간

상대가 나를 공격하지 않는다는 믿음,

내가 상대를 공격하고 있을지도 모른다는 의심,

내가 피해의식에 사로잡혀 있을지도 모른다는

반성, 나와 상대의 두려움을 서로 알고

인정해주는 습관 같은 것들이

대화의 질을 결정짓는 요소들이다.

해서는 인생의 일이란 잘 알 수 없고, 우연에 달린 경우도 많고, 그렇게 쉽게 나락으로 떨어지지 않을 거라 믿으므로 이별과 파탄이란 드물다고 생각한다. 그렇기에 상대를 용인한다. 보통 이런 사람은 인생을 겪어오면서 적당한 만큼의 실패를 극복해본 경우가 많을 수 있다. 실패를 경험하지 않은 사람이 가장 실패를 두려워하고, 또한 너무 많은 실패와 좌절을 겪은 사람도 자기가 쌓은 성 바깥의 일을 두려워한다. 그러나 적정한 만큼의 실패와 극복은 성을 무너뜨리고 다시 세우는 일이 그리 어렵지 않고, 가치관이 다른 사람과의 대화도 할 만하다고 느끼게 만들어준다.

결국 대화가 잘되고 안 되고의 문제도 단순히 이해력이나 화법의 문제라기보다는, 자기 자신이나 상대방에 대한 태도와 관련 있다. 상대가 나를 공격하지 않는다는 믿음, 내가 상대를 공격하고 있을지도 모른다는 의심, 내가 피해의식에 사로잡혀 있을지도 모른다는 반성, 나와 상대의 두려움을 서로 알고 인정해주는 습관 같은 것들이 대화의 질을 결정짓는 요소들이다.

다정함은 상호적인 것이다

흔히 이상형은 자기에게 없는 것을 가지고 있는 존재를 가리킨다. 나에게 없는 다정함, 나에게 없는 지성과 감성, 나에게 없는 재력, 나에게 없는 외모를 갖추고 나에게 일방적으로 그로 인한 혜택을 주는 사람을 상상하는 것이다. 그러나 그런 이상형이 실제로 존재하여 내게 베풀어주기만 하는 관계가 성립될 가능성은 거의 없을 것이다.

이 세상에 일방적으로 다정함을 베풀어주고, 나를 감싸주고 보호해주며, 나에게 전적인 사랑을 주는 사람은 없다. 많은 커플을 보면서 내가 확신하는 것은 다정함이란 상호적이라는 것이다. 반대로 한 사람이 다정함을 베풀고자 하는데도 다른 한쪽은 끊임없이 거칠고 무례한 습관을 이어간다면, 그들 사이에서는 한쪽에 있던 다정함조차 없어진다. 그러므로 다정한 사람을 만나려면 자신부터 다정해질 필요가 있다.

나에게 없는 지성과 감성을 갖춘 사람은 나를 채워줄 것 같지만, 대개 그런 지성과 감성은 그 사람의 것이지 내 것이 되지는 못한다. 물론 그 사람으로부터 영향을 받아서 나도 그런 지적인 세계나 감수성 있는 삶을 만들어나가고 계발해갈 수는 있겠지만, 거기에는 적지 않은 노력이 필요하다. 상대가 지적이고 감성적인데 나 자신은 그렇지 않다면 그 관계의 불협화음만 커져간다. 관심 영역은 천차만별로 다르고, 서로에게 공감하지 못하며, 원하는 것도 크게 달라서 처음에는 신기했던 것들이 나중에는 짜증이나 이해할 수 없음으로 바뀌기도 한다. 한 사람을 만난다는 이유만으로 그 사람의 것이 내 것이 되지는 않는다.

그런 식으로 관계에서 나 자신이 내면에서 스스로 갖춰야 할 영역들을 쳐내고 나면, 마지막에는 재력이나 외모가 남는다. 그런데 이 영역으로 오게 되면, 대부분 사람이 자기가 가진 돈이나 외모의 값어치를 알고 있고 계산하며 판단하기 때문에 이때부터 관계는 손익계산과 권력 문제가 된다. 내가 이만큼 돈을 벌어오는데, 내가 결혼할 때 이만큼 돈을 가져왔는데, 내 외모로는 얼마만큼 돈 버는 사람을 만날 수 있는데, 내 벌이 정도면 어느 정도 급의 외모를 가진 사람과 사귈 수 있는데, 같은 식으로 서로 계산을 맞추어야 하는 영역이 시작된다. 그런데 그러한 계산이 딱 맞아떨어지는 경우는 흔치 않다. 대부분은 자기가 손해를 본다고 생각하기 때문에 관계의 중심을 이런 영역에 두면 그것대로 매우 피곤한 일이 된다. 보통 얻은 만큼 대가를 치른다. 마이너스로 살고자 하는 사람은 거의 없다. 대부분은 플러스 마이너스를 맞추기 위해 상대를 학대하거나 자기 자신을 학대하게 된다.

그러니 좋은 사람을 만나고 싶다면, 역시 그전에 자기가 생각하는 그런 좋은 사람이 되는 것이 먼저가 아닐까 싶다. 나아가 '좋은 사람'을 만날 수 있다는 문제를 넘어서, 그렇게 되어야만 좋은 삶을 살 수 있다. 그 누군가로부터 막연히 일방적으로 어떤 이득이나 만족을 바라고 함께하면 그 반대가 되는 경우가 많다. 그전에 자기가 무엇을 줄 수 있는 사람이고, 나의 존재가 상대에게 어떤 것이 될 수 있는지를 아는 것이 늘 더 중요하다. 내가 상대에게 줄 수 있는 것을 가지고 있는 사람이 되어야 한다.

어떤 사람과 결혼해야 하나요

　　많은 청년들이 어떤 사람과 결혼해야 하는지를
묻는다. 결혼과 관련된 거의 대부분의 고민이 '어떤 사
람을 만나야 할까요'이다. 그러나 내가 생각할 때, 결혼
에서 중요한 건 어떤 사람을 만나는 것보다는 내가 어떤
사람이냐 하는 것이다. 내가 어떤 사람인지와 무관하게
객관적으로 좋은 사람은 없다. 1등이나 10등 신붓감이
나 신랑감이 있는 게 아니라, 나와 어울리거나 어울리지
않는 사람이 있을 뿐이다.

　　내가 어떤 사람인가, 나아가 나는 어떤 사람이 되
어야 하는가, 라는 질문을 생략한 채 마치 좋은 물건 고
르듯 결혼 상대를 고른다고 생각하는 건 완전히 잘못된
태도에 가깝다. 누구에게나 좋은 그런 사람은 존재하지
않는다. 무엇보다 그렇게 질 좋은 상품을 고르듯 결혼
상대 고르기에 접근하는 태도 자체가 좋은 결혼으로 가
는 것과는 거리가 먼 태도라고 생각한다. 상대를 고르기
전에 먼저 나 자신을 돌아볼 필요가 있다.

　　나는 왜 결혼을 하고자 하며, 결혼해서 어떤 사람

으로, 어떤 결혼 생활을 하고 싶은지 먼저 물어야 한다. 단순히 내 결핍을 채워줄 누군가를 바라는 건 아닌가? 내 부족한 벌이를 대신 채워줄 사람, 내 부족한 요리 실력이나 살림살이를 대신해줄 사람, 내 부족한 인격이나 생활 능력을 해결해줄 사람을 바라는 식이라면, 나는 결혼 상대를 원한다기보다는 '문제 해결 AI 로봇'을 바라는 쪽에 가깝다. 그냥 수단이자 도구로 상대를 구하겠다는 것이다.

나아가 평생 서로 다른 환경에서 다른 기질로 살아온 사람에게 어디까지 맞출 수 있을지도 생각해야 한다. 혼자 살 때처럼 그냥 하루 종일 내 마음대로 살고 싶은데 결혼할 사람이 알아서 다 맞춰줄 거라고 생각하면 그냥 반려동물을 구하고 싶다는 뜻에 가깝다. 아니, 반려동물과 함께 살더라도 매일 신경 쓰고 맞춰야 할 게 한둘이 아니다. 하물며 사람과 함께 살면서 내가 얼마나 많이 맞추고 바꾸고 타협해야 할지 생각하지 않는다면 애초에 사람과 살 생각이 없다는 뜻이다.

결혼 상대를 고른다는 건 적어도 그런 자기 자신에 대한 생각을 전제로 해야 어느 정도 가능하다. 사람 고르는 데 절대적인 기준 같은 건 있기 어렵지만, 그래도 내가 타인을 이해하고 함께 살아갈 자세가 되어 있다면 그 전제 위에서 하나의 팁이 있을 수 있다. 그것은 그런 마음과 태도를 상대방 또한 백번 이해하고 공유할 수 있느냐 하는 것이다. 그래서 서로가 앞으로 얼마나 많은 타협을 하고 이해를 하고 고쳐나갈 수 있을지를 약속할 수 있다면, 그런 상대라면 결혼해도 좋지 않나 싶다.

한 걸음 더 나아가면, 그렇게 만들어나가는 두 사람만의 기준을 공유할 수 있다면 좋은 결혼 생활도 가능하지 않을까 싶다. 남들의 기준에 휘둘리면서, 남들 같은 차를 못 타고, 남들 같은 집에 못 사는 데 좌절하고 절망하고 저주한다면 여간해서는 좋은 삶을 살기 어렵다. 나에게, 또 우리에게 어울리는 삶이 무엇인지 알고 이야기할 수 있어서 함께 그런 삶을 만들어갈 수 있는 사람이라면 역시 결혼을 해보는 것도 나쁘지 않을 것이다.

달리 말하면, 혼자 사는 게 세상 편해서 나는 영원히 내 라이프스타일을 유지하고 싶고, 변화하거나 바뀌는 게 싫고, 상대가 일방적으로 나의 결핍을 채워주길 바라며, 상대와 함께 두 사람만의 삶의 가치 기준을 만들어갈 생각이 없으며, 그저 내 안의 절대적인 기준을 영원히 지키거나, 타인들의 비교 기준에만 평생 휘둘리며 살아가고 싶다면 결혼이란 상당히 곤란한 선택이 될 것이다. 그러면 아무리 잘 고른 상품이어도 결국 내 손 안에서 녹슬고 쓸모없는 중고품으로 전락할 것이다.

타인에게 무엇을 줄 수 있는가

　　많은 사람들이 타인들로부터 무엇을 얻을 수 있는지 고민하라고 외친다. 돈이나 다른 이익이든, 인기나 인정이든, 사랑이나 관심이든 타인에게 무언가를 '얻는 것'이 언제나 핵심인 것처럼 이야기된다. 그런 걸 얻게 해주겠다고 호언장담하는 사람들이 큰 주목을 받기도 한다. 내가 타인들로부터 많은 돈이나 인기를 얻는 법을 알려주겠습니다, 라고 외치는 영상이나 책들이 진절머리 날 만큼 넘쳐난다.

　　그러나 나는 오히려 내가 타인에게 무엇을 줄 수 있는가 하는 것이야말로 가장 중요한 고민이라 생각한다. 적어도 내 경험으로는 타인들로부터 무언가 온다는 건 언제나 무언가를 주었을 때였기 때문이다. 내가 중요하고 소중한 걸 줄수록 그만큼 가치 있는 걸 돌려받았다. 내가 정확하고 의미 있는 걸 주면 그만큼 신비로운 선물을 건네받았다.

　　내가 그 누군가에게 감동을 주면 그는 내게 기대도 하지 않았던 놀라운 선물을 주곤 했다. 내가 그 누군가에게 진심 어린 조언과 친절을 건네면 그는 언젠가 내게 더 큰 위로를 주곤 했다. 내가 누군가에게 내가 아는 모든 것을 전달하여 그에게 도움이 되고자 하면 그는 이후 내게 더 중요한 도움을 주곤 했다.

돌아보면 삶에서 받은 가장 값진 친절이나 도움, 위로 같은 건 모두 '의도적으로' 내가 받아낸 것들이 아니다. 오히려 그런 것들은 내가 언젠가 나도 모르게 건넨 작은 친절이나 감동, 호의가 돌고 돌아서 눈덩이처럼 불어나 오는 것에 가까웠다. 이건 단순히 가까운 인간관계, 친구, 연인 사이에만 해당하는 게 아니라 적어도 내인생 전체를 지배하는 원리처럼 느껴지기도 한다.

예를 들어, 나는 어릴 적 여동생에게 나의 모든 걸 주려고 했다. 네 살 어린 동생에게 한글과 영어를 가르쳤고, 세상의 모든 이야기를 들려주었고, 내가 좋아하는 만화와 책을 고스란히 전해주었다. 어릴 적 우리는 사이 좋은 남매였는데 당연히 오빠였던 내가 늘 동생을 챙기는 입장이었다. 그러나 성인이 된 뒤로 여동생과의 관계에서 늘 혜택을 입는 쪽이 있다면 바로 나였다.

나보다 먼저 변호사가 된 동생은 꽤 불안정하게 살아가며 방황하던 내게 법 공부를 권유해주었고, 수험 생활 내내 조언을 해주었으며, 변호사가 되고 나서도 계속 여러 도움을 주었다. 나는 나의 첫 책인 《청춘인문 내 삶은 그런 원리로 돌아간다.

누군가에게 무언가를 주기 위하여

온 마음을 다 쓰고 나면

언젠가부터 그 누군가가

무언가를 나에게 물밀듯 준다.

학》을 여동생을 위해 썼다. 동생이 청춘을 잘 살아가길 바라면서 하고 싶은 이야기를 담았던 책이다. 그러나 이제는 동생이 내게 더 많은 조언을 해준다.

내 삶은 그런 원리로 돌아간다. 누군가에게 무언가를 주기 위하여 온 마음을 다 쓰고 나면, 언젠가부터 그 누군가가 무언가를 나에게 물밀듯 준다. 세상에는 받기만 하면 그만이라 생각하고 받자마자 '손절'한 사람도 없지 않겠지만, 이미 그런 사람들은 내게 전혀 기억나지도 않는다. 내가 아는 세상에는 내어주면 돌려주는 사람들이 있고, 내가 기억하는 사람들도 그런 사람들 뿐이다.

그래서 나는 글 한 편을 쓸 때도 가능한 한 그 무언가를 내어놓기 위해 애쓴다. 내가 가진 눈곱만큼의 지혜가 있다면 탈탈 털어 그날의 글 속에 다 넣어버린다. 내가 아는 약간의 지식이나 경험이 있다면 역시 남김없이 매번의 글에 다 뱉어놓는다. 누구든 그런 내 생각이나 글을 가치 있게 여겨준다는 것만으로도 감사하다. 누군가 그런 마음을 받았다면, 언젠가 더 큰 마음으로 돌려받게 되리라는 것 또한 안다.

그러니까 누군가로부터 디테일한 무엇을 어떻게 뜯어낼 것인가 같은 고민보다는, 역시 누군가에게 정확한 그 무언가를 어떻게 줄 수 있을 것인가를 고민하는 편이 좋다. 그 질문에 집중하다보면 얻어야 할 것들은 알아서 얻게 된다. 무엇을 얻게 되든 내가 상상하는 것 그 이상을 얻을 것이다. 그래서 나는 받는 것보다는 주는 것에 관해 자주 고민한다. 그것이 내가 알게 된 삶의 비밀이다.

타인이 나의 환대를 받고 싶은가

타인에 대한 환대가 중요하다고 하지만, 그 못지 않게 현실적으로 중요한 것이 하나 있다. 타인이 나의 환대를 받고 싶은가 하는 것이다. 달리 말하면, 나의 환대가 받아줄 만한 것인가 하는 것이다. 진짜 어려운 것은 환대 그 자체가 아니라 받고 싶은 환대를 만들 줄 아는 것이다.

그 누군가가 나의 환대를 원하는 존재가 되는 것은 인생에서 아주 달성하기 어려운 과제인 듯하다. 가령 집을 아름답게 꾸며놓고 누군가를 초대한다고 하더라도 정작 그 집에 오겠다는 사람이 없을 수도 있다. 누군가는 당신의 아름다운 집이 오히려 불편하다고 할 수도 있고, 그 집에서 상대적 박탈감만 느낄 수도 있다. 그 집에 진짜 가고 싶으려면 그 이상의 것이 필요하다.

그것은 그 환대의 시간이 그만큼 '가치' 있다는 느낌이다. 가치라는 건 그 의미가 사람마다 다르긴 하겠으나 단순한 '이익 계산'을 넘어서는 경우가 많다. 그 시간 자체가 내 마음을 어루만져주거나 평안한 행복을 주며, 놓치기 아깝다는 느낌을 전해주고, 결국에는 그런 시간 자체가 내가 원한 삶의 일부라는 느낌을 줄 때 그 시간은 가치 있어진다. 타인에게 그런 느낌을 실제로 준다는 건 대단히 어려운 일이다. 타인이 받고 싶은 환대를 할 줄 안다는 건 놀라운 능력이자 신비로운 행운인 것이다.

나는 인간과 인간이 살아가는 세상에서 가치 있는 경험의 대부분은 '환대'와 관련 있다고 생각한다. 단순히 집에 초대하는 걸 넘어서 나의 카페나 레스토랑에 누군가를 초대하고, 나의 강연장이나 콘서트에 누군가를 초대하고, 심지어 나의 작품이나 콘텐츠에 누군가를 초대하는 일도 다 일종의 '환대의 기술'과 관련 있다. 타인을 내 삶에 초대한다는 점에서 연애나 사랑, 우정의 영역 또한 이와 깊이 관련되어 있음은 말할 것도 없다. 우리 삶은 환대로 이루어져 있다.

환대의 반대편에는 강요, 권력의 요구, 거부, 배제, 배타심, 자기고립 같은 것들이 있다. 환대할 줄 모른다는 건 타인에게 공감할 줄 몰라서 타인이 원하는 것을 이해하지 못한다는 뜻도 된다. 그래서 환대를 모르는 것은 자기 안에 갇혀 자기만을 위해 산다는 뜻도 된다. 타인에게 선물을 주고 싶어도 줄 방법을 모른다는 점에서 슬프거나 안타까운 일이기도 하다. 그러나 누구에게든 타인에게 진심 어린 선물을 줄 방법은 있기 마련이다. 그걸 굳이 찾지 않으려 하거나, 아직 그 방법을 모를 뿐이다.

삶의 중심을 어디에 두고 무엇을 고민하느냐에 따라 인생은 크게 달라진다. 돈을 많이 버는 것이나 단순한 자기계발에만 초점을 맞추며 살아가는 방법도 있을 것이다. 그러나 나는 삶의 중심에서 '환대'를 고민하기 시작하고 그 고민을 계속 이어갈 때, 그 삶이 보다 좋은 것들을 얻는 삶이 되지 않을까 생각한다. 다른 사람에게 가치 있는 시간을 남기는 존재가 된다는 것, 그 누군가가 나의 환대 어린 시간을 그토록 소중히 여겨준다는 것은 삶의 가장 근사한 경험 중 하나다. 이를테면 별것 아닌 나와의 술래잡기를 종일 기다리다가, 나의 제안에 어느 때보다 밝게 웃으며 달려오는 아이의 존재를 마주하는 일 같은 것 말이다.

처음부터 환대를 잘하는 사람은 많지 않다. 우리는 사소한 일상에서부터 타인에 대한 환대를 배워나갈 수 있다. 사람을 만날 때마다 작은 초콜릿 하나를 주고, 밝게 웃거나 인사하고, 당신이 원하는 것을 알고 이해하고자 노력하다보면 어느덧 우리도 환대의 관계에 들어서게 될 것이다. 나의 환대가 다시 당신의 환대로 돌아오고, 당신의 환대에 다시 감사하며 나아갈 때 우리는 관계를 아는 세상 속에 있게 된다. 삶이란 바로 그런 세상 속에 있는 것이다.

당신에게 받아내고야 말 고마움

참 생색내기 좋아하는 지인이 하나 있다. 개인적으로는 그런 태도를 싫어하지 않는다. 내가 당신에게 이런저런 걸 해주니까 고맙지? 하고 이야기한다는 건 그만큼 실제로 무언가 베풀어주는 게 있다는 뜻이다. 베풀어주는 일에 겸손한 것도 나쁘진 않겠지만, 나는 그만큼 생색내는 걸 더 편하게 느낀다. 고마운 건 과할 만큼 고마워하고, 고마운 일이라는 걸 서로 인지하며, 그렇게 상대의 기분을 띄워주는 일 어디에도 그다지 나쁜 건 없다.

나도 종종 누군가에게 뜻밖의 작은 선물을 하고는 '고맙지?' 하고 장난삼아 생색을 내보기도 한다. 어쨌든 서로 호의를 주고받는 사이에서는 서로 계속하여 고마워할 일을 만들고, 그만큼 서로가 고마워하길 바라며, 실제로 고마워해주는 것은 확실히 '좋은 일'에 속하지 않을까 싶다. 고마워할 만한 일을 해주었는데 상대가 그걸 잘 몰라 지나치거나 나의 겸손함 때문에 그 부분이 충분히 인정받지 못한다면 오히려 더 '별로인 일'이 아닐까.

사람이 좋아하는 사람에게 무언가를 베푸는 것이 꼭 무슨 현실적인 보답이나 이익을 바라서는 아니다. 그보다는 내가 당신을 좋아하고, 당신도 나의 행동으로 좋아하길 바라며, 그렇게 우리 사이가 좋길 바라는 일일 뿐이다. 그렇다면 역시 고마워하고 고마워해줄 일을 많이 만들고 서로 생색도 내는 관계가 좋은 게 아닐까. 그래서 나는 나한테 생색내는 사람들을 좋아한다. 고마워하는 일이라면 얼마든지 마음을 다 바칠 준비가 되어 있다.

　　연인이나 가족 관계에서도 생색내기는 꽤나 중요하다. 내가 당신을 위해서 혹은 우리를 위해서 이런저런 일을 했는데, 당신이 그걸 알아주지 못하는 것은 나만 섭섭하고 끝날 문제라기보다는 관계를 조금씩 균열시키는 원인이 되기도 한다. 반대로 사소한 것 하나까지 서로에게 고마워해줄 것들을 찾아내는 능력은 관계를 더 나은 것으로 만들어간다. 그러니 내가 당신이나 우리를 위해 하는 일들을 적극적으로 말하면서 칭찬과 고마움을 얻고, 또 그만큼 나도 상대에게 칭찬과 고마움을 주면서 서로 귀엽게 생색내는 일은 관계에서 참으로 중요하다.

　　그러므로 혹여라도 내가 누군가에게 고마워해야 할 일이 있다면, 그 누군가가 그 일을 가만히 숨기고서 내가 언제 고마워하나 기다리기보다는 적극적으로 말해

서 얼마든지 고마움을 얻어가야 한다. 그러면 나도 언젠
가 당신을 위해 당신이 고마워할 만한 일을 만들고 당신
에게 그 고마움을 받아내고야 말 것이다. 사람과 사람의
관계란 역시 그런 것이 좋다고 생각한다.

4.

오래 함께하기로 한 사람이
곁에 있다면

관계의 깊이

우리 곁에 남은 사람

"아직 젊을 적에, 당신은 살아가면서 많은 사람들과 깊이 연결될 거라 믿는다. 그러나 삶이 흐른 후에는 그런 일이 단지 몇 번에 불과하다는 걸 깨닫게 된다(When you're young, you believe there will be many people you'll connect with. Later in life you realize it only happens a few times)."

〈비포 선라이즈〉(1996) 이후 오랜 세월이 지나 주인공인 두 배우가 함께 찍은 사진이 SNS에 올라왔다. 이 영화는 젊은 남녀가 여행지에서 우연히 만난 이야기를 다룬 뒤, 〈비포 선셋〉(2004), 〈비포 미드나잇〉(2013)에서 재회하고 결혼하는 이야기까지 시리즈로 이어진다. 두 배우는 시리즈에서 계속 함께 등장하는데, 두 배우에게 스며든 세월이 영화들을 지나 최근의 사진 속에서도 고스란히 느껴진다.

위의 대사는 〈비포 선셋〉에서 셀린느(줄리 델피)가 했던 말이다(개인적으로 의역을 조금 했다). 아직 어릴 때, 우리는 살아가면서 수많은 사람들을 만나 깊이 연결되고 여러 값진 관계들을 맺을 거라 믿는다. 그 믿음이 크게 틀린 건 아니지만, 실제로 깊이 영혼을 나누는 사람은 생각보다 소수일 수 있다. 많은 이들이 여러 집단생활과 사회생활을 거치며 그때그때의 필요와 이익에 따라 우리를 거쳐 가지만, 그중에서 두고두고 남는 우리 '곁'의 사람은 생각보다 얼마 되지 않는다.

아마 인간은 많은 사람들과 폭넓은 관계를 맺을 수 있는 능력을 갖고 있겠지만, 동시에 소수와만 진정으로 마음을 나눌 수 있는 능력을 갖고 태어났을지도 모른다. 우리가 그 누군가를 진정으로 사랑하기 위해서는 무엇보다 그만큼의 노력과 시간을 내어주어야 한다. 그러나 누구도 남들보다 그리 많은 시간을 가질 수는 없다. 우리는 한정된 시간을 한정된 이들에게 써야 하며, 그로써 삶을 지어나가게 된다.

그러니 나의 마음을 깊이 나눌 수 있는 사람을 만났다면 그 관계가 얼마나 소중한지 자각할 필요가 있다. 세상에는 마치 매일 어부가 물고기를 낚듯이 수많은 인연들이 있을 것 같지만, 우리는 한평생 수많은 물고기들이 아닌 나의 청새치 몇 마리를 낚아야 한다. 그리고 일단 그 청새치를 낚으면 꼭 껴안고 놓지 말고 그에게 나의 시간을 쏟아붓자. 나의 삶을 만드는 건 그 사람이라는 형틀에 부은 나의 시간일 것이다.

우리는 서로의 새벽을 지켜줄 몇몇 사람을

갖고 다시 삶의 나머지 시간을 견뎌낸다.

그러고 나면 삶은 이제 한 바퀴를 모두

돌아 있을 것이다. 그 한 바퀴를 함께 돌

몇몇 사람들을 붙잡는 것이 그저 삶이다.

일출과 일몰, 자정을 지난 다음에는 무엇이 있을까? 어쩌면 깊어가는 삶의 새벽이 있을 것이다. 우리는 서로의 새벽을 지켜줄 몇몇 사람을 갖고 다시 삶의 나머지 시간을 견뎌낸다. 그러고 나면 삶은 이제 한 바퀴를 모두 돌아 있을 것이다. 그 한 바퀴를 함께 돌 몇몇 사람들을 붙잡는 것이 그저 삶이다.

모든 관계에는 위기가 있다

모든 관계에는 위기가 있다. 관계란 이 위기에 어떻게 대처하느냐에 따라 그 모양이 결정된다. 어떤 관계는 위기 앞에서 무언가를 포기하거나 희생한다. 어떤 관계는 위기를 적극적으로 마주하며 타협하고 함께 극복한다. 어떤 관계는 위기를 회피하며, 어떤 관계는 위기 자체를 부정한다. 그렇게 위기를 한 번, 두 번 거치면서 그 관계의 모양이 결정되는 것이다. 그래서 오래된 관계란, 곧 위기의 발자국이 만들어낸 길과 다르지 않다.

누군가는 위기 앞에서 비로소 잘못을 인정하며 후회하고 자기 자신을 적극적으로 고치려 노력한다. 반대로 어떤 사람은 위기 앞에서도 끝까지 자기의 자존심을 놓지 않거나 자기가 지켜야 할 것에 집중하며 위기 자체를 부정적인 것으로 여긴다. 또 다른 누군가는 위기를 인정하지 않고 아무런 문제가 없다며 문제를 회피하고 합리화한다. 그렇게 저마다의 방식으로 위기를 거치고 나면, 마치 나비가 번데기에서 나와 허물을 벗듯이 그들의 다음 '삶'이 결정된다.

중요한 것은 모든 삶에 위기가 존재한다는 사실을 인정하는 것이다. 위기 없는 관계는 없다는 것, 위기는 나에게만 일어난 결정적인 불행이 아니라 그저 모든 관계에 있기 마련인 당연한 과정임을 인정해야 한다. 그것을 시작점으로 삼아서 이 관계의 향방을 고민하고 이야기해볼 수 있다. '이럴 줄 알았어. 이 관계는 불행이고 파탄이야. 처음부터 잘못되었어'라고 단정 짓기에 앞서, '드디어 모든 관계에도 그렇듯이 이 관계에도 올 것이 왔군. 이 위기를 어떻게 다루면 좋을까?' 이렇게 시작하는 것이다.

세상의 모든 오래된 관계들에는 그 나름의 상처들이 있다. 또한 관계 속에서 포기하거나 희생한 것, 관계로부터 얻은 것, 관계가 있어서 좋았던 것이나 아쉬웠던 것이 있다. 세상의 모든 인생이 그렇듯이 말이다. 우리는 완벽하고도 깨끗하며 상처 없는 어떤 것을 원하기 마련이지만 그것이 불가능하다는 사실은 아무리 거듭 확인해도 부족하지 않다. 그런 상처나 위기를 어떻게 다루면서 나아갈 것인가, 하는 선택지만이 삶에는 놓여 있는 것이다.

그렇기에 관계나 인생을 생각할 때 상처 없는, 순백의, 위기 없는, 깨끗한, 딜레마나 고통 없는 '상태'는 선택지에서 지워야 한다. 언제나 그와 반대되는 상태를 전제로 우리 관계와 인생을 대해야 한다. 그러지 않으면 괜히 불가능한 삶을 꿈꾸며 내 삶을 미워하게 된다. 불가능한 것을 바라면서 우리의 관계를 멸시하게 된다. 우리는 상처 없이 태어나 무수한 상처로 딱딱한 굳은살을 언은 비다표범처럼 살아가도록 되어 있다. 세상의 모든 삶이 그렇게 지어져 있는 것이다.

서로의 기복을 견디는 관계

　　진정한 관계란 서로의 기복을 견디는 관계가 아닐까 싶다. 모든 사람에게는 일정한 기복이 있다. 사회생활에서는 그런 감정적 기복, 컨디션 기복, 기분이나 마음의 기복 같은 것들을 가능한 한 감추어야 한다. 웬만해서는 짜증이 나더라도 참아야 하고, 울고 싶다고 운다든지 기쁘다고 너무 깔깔대며 웃지는 않는다. 어느 정도 적정한 선에서 스스로를 감추어서 기복이 너무 드러나지 않게 애써야만 한다. 기복은 어떤 의미에서는 수치스러운 것이고, 유아적인 것이고, 관계를 박살내버리는 것이란 통념이 있기 때문이다.

　　물론 가까운 사이야말로 예의를 지키기 위해 애쓰고 자기 자신을 다스리기 위해 노력해야 할 것이다. 그러나 가까운 관계일수록 혹은 진정한 관계일수록 서로의 기복을 알아차리고, 이해하고, 배려하는 일들이 더 중요해지기도 한다. 어떤 의미에서 서로의 기복을 견뎌내지 않고, 회피하며, 방치하고, 이해하거나 받아들여주지 않는 것은 관계의 깊이를 거절하는 일이기도 하다.

관계라는 것이 스스로 견뎌내기 쉽지 않은 삶을 서로 더 견뎌낼 수 있게 도와주는 것이라 본다면, 그 핵심에 '기복'이 있는 것이다.

　　이런 기복을 견디는 관계의 절정은 육아를 할 때 맞이하게 되는 것 같다. 아이의 사소한 감정 변화까지 모두 이해하고 견뎌내는 게 육아라는 걸 생각해보면 진정한 관계는 당연히 '어려운' 것이라는 생각도 든다. 나아가 아이가 커나갈수록 아이도 부모의 기복을 알아간다. 어느 날은 부모가 침울하거나 축 처져 있고 기분이 좋지 않다. 그러면 아이도 가장 가까운 존재인 부모를 조금씩 이해하고, 달래고, 견뎌내는 방법을 알아간다. 그렇게 보면 최초의 관계 맺기란 기복을 견딜 줄 알게 되어가는 일이다.

　　이런 '기복'에 대한 이해는 점점 모든 사람에게로 확대될 필요가 있다. 모든 사람에게 기복이 있다는 사실을 인정한다면 누구에게나 다소 관대해질 수 있다. 이런 이해심은 점점 더 우리 사회에 필요해지고 있다. 우리 사회에서는 누군가 완벽하지 못한 발언을 했거나, 실수를 했거나, 기복이 있는 행위나 말을 했을 때 그것을 이 잡듯이 찾아내어 마녀사냥하고, 낙인찍고, 비난하는 것이 일상화되었다. 그러나 사실 기복 없는 사람은 없고, 완벽한 사람도 없다. 그 지점을 끊임없이 확인하는 일은 아무리 해도 과하지 않을 것이다.

　　내가 타인의 기복을 이해하고자 애쓰듯, 타인도 나의 기복을 이해해주었으면 한다. 누구든 완벽하게 일관된 사람은 없다는 점을 말이다. 때론 짜증내고, 때론 축 처지고, 때론 우울하면서도 우리는 서로 기대고 이해하며 살아간다. 기복이 가득하다는 것이야말로 인간이 살아 있는 생명체라는 뜻이기도 하다. 그러니 섣불리 그 누군가를 '이상하다'고 규정짓기 전에, 그저 그가 조금 '이상한 날'일 수도 있다고 생각하도록 하자. 그러면 언젠가 그도 내가 이상한 날, '그저 그런 날인가보다' 하고 이해해줄 때가 있을 것이다.

이중성과 책임 전가

　　오랫동안 함께 살아가기로 한 사람이 곁에 있다면 가장 주의해야 할 것 두 가지는 이중성과 책임 전가가 아닐까 싶다. 이 두 가지는 기이할 정도로 사람에게 무척 중요한 부분이다. 그래서 이 두 가지 측면에서 문제가 일어나면 관계가 파탄이 나고 불가능해지는 경우가 많다. 사람은 타인의 이중성을 극도로 혐오하거나 받아들이기 힘들어한다. 또한 한 번 서로를 탓하는 책임 전가가 일어나기 시작하면 그 악순환에서 빠져나오기도 거의 불가능해진다.

　　사람이 타인의 이중성을 극도로 견디기 힘들어하는 이유는 사람의 마음 가장 깊은 곳에 있는 것이 타인을 '믿고 싶은' 마음이기 때문일지도 모른다. 그런데 이중성은 그런 일관된 믿음, 당신을 믿고 싶다는 마음, 당신에게 믿음을 투여하고자 하는 일을 가장 크게 방해한다. 겉과 속이 다르다든지, 타인들 앞에서 보이는 모습과 집에서의 모습이 다르다든지, 스스로를 속이면서 말과 행동이 다르다든지 하는 일들이 이런 이중성의 주된

사람이 타인의 이중성을 극도로 견디기
힘들어하는 이유는 사람의 마음 가장 깊은
곳에 있는 것이 타인을 '믿고 싶은'
마음이기 때문일지도 모른다.

모습이다. 그렇게 만들어지는 마음의 이중성이나 분열은 때때로 곁에 있는 사람, 나와 가장 가까운 사람의 근본적인 신뢰를 앗아가버린다.

또한 자기 삶에서 일어나는 일들의 책임을 다른 누군가에게, 특히 곁에 있는 사람에게 돌리고, 전가하고, 그를 탓하는 일도 관계를 파괴한다. 책임 전가는 당장 나의 책임을 면책해주고, 나의 죄를 사하여주고, 나를 우월한 위치에 놓아둘 것 같지만, 결국에는 관계가 무너지는 지름길이 된다. 남 탓을 계속하다보면 나의 우월성이 계속 유지되기보다는 상대방도 내 탓을 할 구실들을 부지런히 찾게 된다. 인간은 합리화하기에 따라서, 생각하기에 따라서 모든 문제를 그 누군가의 탓으로 돌리기 무척 쉽게 만들어졌다. 오늘 일어나는 모든 나쁜 일에 관하여 탓할 누군가를 찾는 일만큼 사람이 능숙하게 해낼 수 있는 일도 드물 것이다. 그러므로 결국 서로를 탓하는 일은 세상에서 가장 재미있는 게임이 되어 서로를 파괴하게 된다.

그래서 어쩌면 살면서 가장 하기 쉬운 것이 남 탓을 하는 일이고, 가장 되기 쉬운 것이 이중적인 인간이 되는 일이다. 그런데 그렇게 하기 쉽고 되기 쉬운 대로 자신을 내버려두면 관계를 파괴하기 가장 쉬운 길로 가는 것이다. 나와 가장 근거리의 관계가 그렇게 파괴되는 것은 내 삶의 파괴이자 나 자신의 파괴이기도 하다. 자기 삶에 대한 부드러운 감각과 다정함을 잃는다면, 자기가 온전히 사랑할 수 있는 사람과 시간과 자기 자신을 잃는다면, 자기 자신에게 가장 손해이기도 할 것이다. 그러므로 스스로에게 정직해야 하고, 스스로의 책임을 끌어안을 줄 알아야 한다. 그렇게 어른이 되지 못하면 결국 그 화살은 자기 자신에게 돌아온다.

오래 가는 커플의 비밀

워싱턴 대학의 심리학자들은 한 연구에서 수십 명의 부부를 인터뷰하여 그들이 3년 이내에 이혼할지 아닐지를 94퍼센트나 정확하게 알아맞혔다고 한다(조나 레러,《사랑을 지키는 법》 참조). 그들의 재산이나 학력을 조사한 것도 아니고, 단지 그들이 '자신의 과거를 설명하는 방식'만 듣고서 말이다. 즉 커플이 그들의 과거를 받아들이는 태도에 따라 그들의 미래를 예언할 수 있는 것이다.

그렇다면 과거에 대해 어떤 태도를 지닌 커플들이 헤어지지 않고 좋은 관계를 유지할까? 한마디로 말하면 과거를 긍정적으로 보는 커플들이다. 여기에서 핵심은 실제로 긍정적인 과거를 살았던 게 아니라는 점이다. 아무리 고난과 고통 어린 세월을 보냈어도 그 시절을 긍정적으로 '볼 수 있는' 커플들은 이혼하지 않았다.

예를 들어 어떤 커플들은 과거의 부정적인 경험을 긍정적으로 승화시키지 못한 채 거기에 끊임없이 사로잡혀 있을 수 있다. 당시 나는 당신 혹은 우리 때문에 괴로웠고, 상처 받았고, 그것은 인생에서 일어나서는 안

될 일이었다, 라는 태도를 가진 커플은 좋은 관계를 유지할 가능성이 별로 없을 것이다.

그러나 과거 우리의 고난, 고통, 서로에게 준 상처조차 우리가 더 좋은 관계가 되기 위한 필연적인 통과의례였다고 믿으며, 그 시절의 '의미'를 긍정적으로 '해석'할 수 있는 커플들은 관계의 지속성이 높을 것이다. 관건은 해석, 즉 정신의 힘이다. 큰 그림을 볼 수 있는 능력이고, 큰 그림에 머물 수 있는 힘이다. 삶 자체를 하나의 거대한 서사, 즉 이야기로 볼 수 있는 능력이다.

이 연구에서는 하나의 힌트가 더 발견된다. 그것은 장기적으로 좋은 관계를 유지하는 커플들이 '우리'라는 표현을 자주 쓴다는 점이다. 그들은 '나는 그때의 상처가 나에게 의미 있었다고 생각해요'라기보다는, '우리는 그때의 상처가 우리에게 가치 있었다고 생각해요'라는 식으로 이야기한다는 것이다. 그들에게 삶을 헤치고 나아가는 단위는 '혼자'가 아니라 우리라는 '팀'인 것이다.

이를 요즘 식으로 설명하면, 우리끼리 '정신 승리'하는 커플이 보통 '잘 산다'고 말할 수 있다. 남들이 볼 때 뭐라고 하든, 세상 사람들이 무어라 규정하든, 우리는 우리의 상처와 고난을 딛고 여기까지 왔고, 그 모든 일들이 우리에겐 정말 중요하고 필요한 일이었다고 믿는 것이다. 우리는 남들과는 다른 우리만의 이야기를 갖고 있고, 우리의 어려움은 우리에게 가치 있는 것이었다고 그냥 믿어버리고 승화시켜버리는 것이다.

반대로 말하면, 타인들의 기준에 끊임없이 신경 쓰면서 '우리의 정신 승리'를 유지하지 못하는 커플들은 함께하지 못할 가능성이 높을 것이다. 남들과 비교하고, 남들의 소비 수준에 우울해하고, 남들과 같지 못함에 좌절하며, 나와 당신을 분리하며, 과거의 선택을 저주하는 이들은 누구를 만나든 잘 살 가능성이 별로 없다. 태도가 인생의 전부는 아니겠지만, 어떤 태도는 삶에 결정적이다.

그렇다면 오늘 당장 사랑하는 사람을 앞에 앉혀 놓고 찬찬히 이야기를 풀어가보자. '그때 우리 참 힘들었지. 그런데 그때 그렇게 힘들었던 게 참 다행이야. 액땜한 거지. 그 덕분에 우리는 잘 살 거야. 그래서 우리는 강해졌고 더 서로를 믿을 수 있게 됐어. 그때 실수한 덕분에 이제는 서로를 더 잘 알 수 있게 됐잖아. 그러니까 우리가 겪은 어려움은 모두 더 좋은 삶을 위한 거름이 된 거야' 하고 말이다.

타인에게 어디까지 솔직해야 하는가

　　인간관계에서 어려움을 겪는 사람들의 이야기를 들어보면 상당수가 타인에게 어디까지 솔직해야 하는지를 잘 모르겠다고 말한다. 사실 사회생활이나 인간관계는 대부분 어느 정도의 연기, 거짓, 적당한 맞춰줌이나 허위 같은 것들이 없으면 제대로 유지될 수가 없다. 심지어 끝도 없는 솔직함은 부부나 가족, 연인이나 절친처럼 가장 가까운 사이에서도 대부분 독이 된다. '끝도 없는 솔직함'의 관계란 불가능하다.

　　이건 어찌 보면 아주 당연한 이야기이다. 가령 상대에게 내가 느끼는 모든 초 단위의 감정들과 생각들을 다 전달하면, 결국에는 아무런 감정이나 생각도 전달하지 못한 결과가 벌어질 것이다. 우리 안에는 너무 다양한 느낌이나 생각들이 있고, 그것들을 걸러내는 틀 자체가 '나'라는 존재라고 볼 수 있기 때문이다. 당신을 사랑하는 나는 때론 당신이 시큰둥하기도 하고, 싫기도 하고, 밉기도 하지만, 그래도 더 근본적으로, 더 지속적으로 당신을 좋아하고 사랑하기에 그 모든 사소한 순간들을 표현하지는 않는다. 이는 거의 모든 관계에 적용되는 것이다.

타인의 끝도 없는 솔직함을 감당할 수 있는 존재는 없다. 당장 내가 나의 모든 것을 솔직하게 적은 일기장이 있다고 하면 그 일기장을 보여줄 만한 존재는 신밖에 없을 것이다. 나의 크고 작은 온갖 욕망들, 편협하거나 혐오스러운 생각들, 누군가를 한순간 터무니없이 미워했던 순간이나 단지 재미 삼아 해보았던 온갖 망상들을 다 전달해도 좋을 사람은 없다. 그렇기에 관계 맺기란 어디까지 자신을 타인에게 내어놓아도 좋은가의 문제이고, 곧 내 안에서 어디까지를 나 자신이라 인정할 것인가의 문제이기도 하다.

비슷한 맥락에서 또 중요한 것은 그 누군가와 나의 모든 걸 교류하지 않는 게 좋다는 점이다. 가능하면 나를 쪼갤 줄 아는 태도가 필요하다. 누군가를 만났을 때는 감성적이고 예술적인 내가 된다면, 다른 누구를 만났을 때는 투박하고 거친 내가 되는 식으로 말이다. 누군가와는 나의 지질함을 공유하고, 다른 누군가와는 나의 화사함과 화려함을 공유하는 것도 좋다. 사실 인간과 인간이 맺을 수 있는 관계란 그렇게 부분적인 것에 불과하다는 한계를 인정할 필요가 있다. 나의 전체를 공유할 수 있는 관계는 없다. 어디까지나 나의 일부만을 통해서 그 누군가와 관계 맺을 수 있을 뿐이다.

인간관계를 특히 어려워하는 사람들은 누군가와 친해지면 그에게 나의 솔직하고 진실한 면모를 가감 없이 다 꺼내야 한다고 느낀다. 관계에는 늘 어느 정도 은폐하고 가장된 것들이 있고, 말할 수 없거나 말할 필요가 없는 것들이 있기 마련인데도, 그런 걸 좀처럼 견디기 힘들어하는 것이다. 이는 어찌 보면 자기 자신을 어디까지 인정하고 정립해야 할지를 잘 모르는 상태라고도 볼 수 있다. 그러니 온전한 관계를 위해서는 그 모든 쪼개져 있음, 말할 수 없음, 선별과 골라냄을 견뎌낼 힘이 필요하다. 이 힘은 자기 내면에서부터 계속 다져나갈 수밖에 없다.

어찌 보면 이런 관계의 법칙은 삶의 다소 서글픈 비극을 말해주는 것 같기도 하다. 아마도 우리가 전적으로 완전하게 솔직할 수 있는 존재란 내면의 깊은 서랍 속 일기장이나 새벽기도로 만나는 신 정도밖에는 없을 것이다. 흔히 우스갯소리로 현대인은 죽을 때 내 스마트폰 기록이나 컴퓨터 하드디스크는 모두 지워달라는 말을 유언으로 남긴다는데, 이 또한 우리 사적인 마음 전체는 죽어서도 감추고 싶다는 걸 의미한다. 어쩌면 우리는 신에게조차 완전히 솔직하기 어렵다.

그 내면의 무게라는 것은 결국 스스로 견뎌낼 수

밖에 없는 것이다. 결코 그 누구도 완전히 나를 감당해 줄 수는 없고, 내가 감당해야만 하는, 홀로 고독하게 짊 어져야만 하는 부분이 모든 이들에게 운명처럼 주어져 있는 것이다. 이 운명을 거부하기 시작하면 삶은 걷잡을 수 없이 무너져내린다. 삶을 지탱하는 관계도, 나를 지 탱하게 하는 현실도 말이다.

맺고 끊음에 관하여

청년 시절, 내게는 인간관계에 대한 자부심이 하나 있었다. 관계의 맺고 끊음을 확실하게 잘한다는 점이었다. 나는 스스로 마음만 먹으면 칼같이 사람과 관계를 끊어낼 수 있는 차가움을 가진 것이 일종의 장점이라 생각했다. 외로움을 덜 타고, 고독을 즐길 줄 알며, 나만의 고집으로 나의 길을 걸어가며, 거추장스러운 것들을 치워내고 걸러낼 수 있는 힘이 있어 다행이라 생각했다.

그러나 이후 그런 생각은 상당히 바뀌었다. 오히려 정반대가 되었다고 해도 좋을 정도로 생각이 달라졌다. 청년 시절 자부심이었던 것은 반대로 콤플렉스 비슷한 것으로 느껴지기 시작했다. 나는 그렇게 스스로 차가워질 수 있는 게 좋은 자존감과 강한 힘의 결과가 아니라 일종의 자기방어나 회피에 가깝다고 느끼게 되었다. 오히려 인간에 대한 진정성 있는 힘을 가진다는 것은 여하한 이유에도 불구하고 관계를 붙잡고 감내할 수 있다는 것이라 생각하게 되었다.

요즘 세상에는 인간관계에서의 '손절'이 매우 흔

해졌다. 조금의 상처, 약간 마음에 들지 않는 점만 있어도 인간관계를 쉽게 단절한다. '쎄함은 과학'이라는 미명하에 이상한 말 한마디, 이상한 기분 한 번에 관계란 티슈처럼 뜯어버릴 수 있는 게 되었다. 그러나 관계는 본질적으로 깊어지면 깊어질수록 상처가 많아질 수밖에 없다. 대화를 열 마디 주고받은 사람한테보다 천 마디 주고받은 사람한테 상처 받을 가능성이 더 높다. 함께 백 번 거닌 사람보다 만 번 거닌 사람에게 더 기분 나쁠 일이 많다.

그러나 천 마디 주고받고, 만 번을 함께 거닌 사람과는 그만큼 서로에 대한 이해도 깊어진다. 그 과정에서 충돌도 있겠지만, 서로에 대한 마음을 인정하고 고쳐가고 타협하는 일도 생긴다. 그렇게 함께한 시간이 길어질수록 그 사람과 나 사이에는 융화된 부분이 넓어진다. 달리 말해, 그 사람이 내 삶이 되고 내가 그 사람의 삶이 된 영역이 점점 커진다. 사랑은, 우정은, 관계는 언제나 '그래서 사랑해'가 아니라 '그래도 사랑해'로 깊어진다.

청년 시절, 나는 그런 걸 잘 몰랐다. 원 스트라이크 아웃 혹은 쓰리 스트라이크 아웃 같은 원칙이 더 멋지고 강한 것이라 생각했다. '선을 한 번 넘으면 넌 아웃이야. 다시는 보지 않겠어. 한 번 기분 나빴으니 너를 지우겠어.' 그것이 더 피상적으로 인생을 사는 일인 줄 잘

사랑은, 우정은, 관계는 언제나

'그래서 사랑해'가 아니라

'그래도 사랑해'로 깊어진다.

몰랐다. 야구에도 쓰리 스트라이크 아웃 이후 다음 회가 오듯이, 관계에도 다음 회, 또 다음 회가 더 멋지게 찾아올 수 있음을 몰랐다. 그러나 이제는 안다. 인간은 타인을 붙잡으면서 더 깊은 삶으로 들어선다.

나랑 더 잘 맞는 사람을 매번 찾아 떠난다는 건 꽤나 어리석은 일로도 느껴진다. 물론 세상 어딘가에는 나랑 무척 잘 어울리는 근사한 사람을 별똥별 떨어지듯 우연히 만날 수도 있다. 그러나 더 중요한 건 여전히 나와 맞는 부분이 있다고 믿었던 사람들과의 인연을 잘 이어가는 것이다. 새로운 사람 100명 만날 시간에 기존의 인연 10명을 10번 만나면 관계의, 삶의 다른 깊이를 점점 알게 되어갈 수 있다.

매년 한 해를 돌아보면 새로운 만남들도 있지만 상당수 값진 만남들은 기존에 알던 사람을 한결 더 깊게 만나는 일이었다. 내게 대화의 즐거움을 가장 많이 느끼게 해줬던 건 역시 작년에, 재작년에, 그전에도 알던 사람들이었다. 내게 가장 값진 기억들을 남겨준 일들도 역시 기존의 인연들을 한 걸음 한 걸음 더 이어온 일들이었다.

새로 알게 된 사람들과도 내년에, 또 내후년에도 그렇게 깊은 인연을 만들어갈 일들이 있을 것이다. 하나 확실한 건 나는 관계를, 사람을, 삶을 과거와는 다르게 생각하게 되었다는 점이다. 나는 더 이상 맺고 끊는 게 확실한 데서 자부심을 느끼지 않는다. 나는 여하한 상처나 실망, 약간의 불협화음에도 불구하고, 당신의 손을 붙잡고 기어코 함께 가고 마는 데서 더 자부심을 느끼는 사람이 되었다. 나에게는 그것이 성숙이고 성장이라 느껴진다.

타인의 약점에 관해 잘 모른다면

우리가 타인의 약점에 관해 잘 모른다면 그와 그만큼 가깝지 않다는 뜻일 수 있다. 내가 아는 것이 상대의 친절과 배려, 균형 잡힌 매너와 현명함밖에 없다면 그는 내게 그 이상을 보여주지 않은 것이다. 그저 그 정도 선에서 관계 맺기를 원하는, 적당한 거리를 제안한 것이다. 그와 나는 충분히 가깝지 않은 것이다.

달리 말하면 누군가에게 일종의 불편함을 느끼기 시작하고, 그의 약점을 알아가면서 동시에 서로의 선을 고민하는 일들이 생긴다는 건, 그와 가까운 사람이 되었다는 뜻이다. 그런데 관계라는 건 그렇게 가까워질 때야말로 가장 많은 문제를 일으키고 끊어지기도 한다. 왜냐하면 그 지점부터 이제 서로의 더욱 다양한 모습들을 감당하고 받아들여야 하는 일들이 생기기 때문이다.

관계에도 비교적 쉬운 관계와 어려운 관계가 있을 것이다. 비교적 쉬운 관계는 내가 정해둔 선 이상으로 상대가 들어오지 않고, 상대가 그은 선 안쪽으로 나도 들어가지 않는 관계다. 서로 칭찬하고, 좋은 얘기 해주고, 배려하고, 조심하면서 적당한 거리를 두는 관계다. 반대로 어려운 관계는 이제 그 선을 넘어서는 친밀함을 나누기 시작하는 관계다. 이제 당신도 내 삶의 일부가 되고, 나도 당신 삶의 일부가 된다. 이때가 되면 관계에서 크게 상처를 받을 수도 있다. 그렇지만 관계에서 삶의 아주 깊은 무엇을 얻는 지점이기도 하다.

흔히 어릴 적 만난 친구들이 진정한 관계이고, 사회로 나가면 그런 사이는 만나기 어렵다고들 한다. 어쨌든 나이가 들어가면 타인과 나 사이의 적정한 거리를 알고 지키기 때문일 것이다. 물론 적당한 거리 속에서 서로를 지지하거나 '윈윈'하며 맺어가는 형태의 관계도 충분히 의미가 있고 소중하다. 분명 그런 관계도 좋은 관계일 수 있고, 마냥 '진정하지 않다'고 말할 것까지는 없다.

다만 살아가면서 종종 선을 넘는 관계들을 만나게 되고, 그런 관계들을 만나야만 하는 게 삶이라는 생각이 든다. 한 시절 만나는 사람일지라도 그 시절 절실하게 선을 넘어가 닿는 그 마음을 경험해야만 한다고 느낄 때가 있다. 그래서 내어놓고, 드러내고, 나를 당신에게 맡기고, 당신이 내게 건네는 신뢰를 받아들이며, 마음을 나누는 믿음을 알게 하는 관계를 시절마다 지녀야 하는 건 아닐까 싶다. 왜 그래야만 하냐고 묻는다면, 잘 모르겠지만 그냥 그것이 삶 같아서다. 삶이라는 건 때로 그게 다인 것 같아서다.

　삶을 돌아볼 때면 마음을 다 내어주듯이 믿었던 친우들이 떠오르곤 한다. 남자건 여자건, 연상이건 연하건, 그런 것과는 상관없이 내게 있었던 어느 시절의 '선을 넘는 사람들'이다. 내가 누구와 함께 이 삶이라는 여정을 지나왔는지 묻는다면, 떠오르는 건 바로 그들이다. 더 이상 연락하지 않고 다시 보지 않을 사람들도 있지만, 그래도 그들을 만난 일이 내게는 삶이었고, 삶을 산 일이었다. 진심으로 미안해하고, 고마워하고, 빚지고, 선물을 주면서 그들과 살아냈던 그 순간들을 뺀다면 삶에서 남는 것들은 별반 없을 것이다.

고정된 존재로 남겨두지 않는 용기

관계에서 가장 중요한 건 용기가 아닐까 생각한다. 이때의 용기란 나와 당신을 고정된 존재로 남겨두지 않는 용기다. 단적으로는 상사와 부하, 남편과 아내, 부모와 자식, 선배와 후배, 스승과 제자 같은 관계로 남겨두지 않는 것에 용기랄 것이 있다는 생각이 든다. 달리 말해 이 용기는 관계에서의 살아 있음이고 끊임없는 생성이기도 하다.

대개의 관계는 서로의 고정된 역할에 점점 안착하는 데 만족한다. 사회관계에서 서로가 예측 가능한 범위 안에서 '고정된 역할'에 머무르는 건 꽤나 편하기도 하다. 그러나 진짜 관계가 이루어지는 순간은 그런 역할이 허물어질 때다. 서로가 인간 대 인간으로 만나는 순간으로 뛰어들 용기가 한 인간과 인간의 진짜 '만남'을 만든다.

그 진짜 만남 안에서 고정된 역할은 없고, 오히려 역할은 끊임없이 변화한다. 애초에 나는 당신보다 많은 걸 아는 상사였지만, 이 만남 안에서는 끊임없이 서로의 의견을 교환하는 유동적 시간이 시작된다. 부모와 자식의 관계도 고정된 틀이 있는 게 아니라 때론 친구가 되고, 때론 부모가 자식에게 의존하고, 때론 자식이 부모를 가르친다. 처음에는 스승과 제자로 시작한 관계일지라도, 때로는 스승이 제자로부터 배우는 시간이 더 많을 수 있다. 이 관계성으로의 진입이야말로 인생의 핵심과 이어져 있다.

고정된 역할에는 새로운 내일이 없다. 거기에는 언제나 반복되는 오늘과 똑같은 역할만이 있다. 나와 당신은 오늘이나 내일이나 다르지 않을 것이다. 나와 당신의 관계는 내일 새로운 것을 탄생시킬 여지가 없다. 그러나 유동하는 관계는 만남마다 새로운 삶을 생성시킨다. 당신과 나는 내일 또 새로운 관계성을 만들고, 새로운 순간을 만들고, 새로운 대화를 하고, 새로운 미래를 만들어간다. 나와 당신이 관계를 맺는다는 그 사실 자체로 우리는 삶을 창조한다.

결혼한 이후로도 계속하여 변해가는 아내와의 관계성, 아이가 커나가면서 계속 맞이하는 새로운 관계성은 그런 점에서 삶의 창조다. 특히 나는 글쓰기 모임에서 만난 사람들과의 관계성에서도 많을 걸 느낀다. 처음에는 그저 한두 달 내가 도움 줄 수 있는 '강사' 정도로 스스로를 생각했다. 그러나 스스로 그런 고정된 관계

당신과 나는 내일 또

새로운 관계성을 만들고,

새로운 순간을 만들고,

새로운 대화를 하고,

새로운 미래를 만들어간다.

나와 당신이 관계를 맺는다는 그 사실 자체로

우리는 삶을 창조한다.

성을 허물고 한 걸음 한 걸음 나아가자 강사와 수강생은 동료가 되고 이웃이 되어갔다. 함께 프로젝트를 하고, 뉴스레터 '세상의 모든 문화'를 만들고, 공저를 쓴다. 그런 관계성이 삶의 한 축을 창조하고 있다.

내가 느끼는 가장 좋은 관계란 다 그런 관계다. 처음에 예측하지 못했던 관계, 마치 만나면 예측할 수 없었던 대화를 풀어나가는 어느 친우와의 시간처럼, 삶을 정해진 표지판만 따라가는 것이 아니라 계속 새로운 삶을 창조하는 우연의 여행으로 만들어가는 힘이 관계 속에 있다고 느낀다. 우리는 관계 맺음으로써 삶을 창조한다.

5.

어떤 '벽'은 필요하다

관계에서 나를 지키기

뒷담화에 대하여

누군가 뒤에서 나를 욕하거나 뒷담화를 당하는 일에 너무 신경 쓰거나 스트레스를 받을 필요는 없다. 사람이 나누는 대화 대부분이 타인에 대한 이야기라는 연구도 있다. 더 흥미로운 연구는 많은 부부들이 서로의 결속력을 확인하는 방법이 '다른 부부 욕하기'라는 점이다. 다른 부부의 삶을 흉보거나 안타까워하거나 평가절하하고, 자기 부부가 더 낫다고 안심하며 결속력을 강화한다는 것이다. 이처럼 외집단에 대한 각종 가십이나 험담이 내집단의 사회적 결속을 강화한다는 건 널리 알려진 상식에 가깝다.

세상의 거의 모든 연대는 다른 연대를 적대시함으로써 강화된다. 대개 강고한 집단일수록 반드시 그 집단과 적대하는 다른 집단이 있기 마련이다. 이는 대단한 규모의 집단이 아니더라도 두세 사람이 모이는 정도의 집단, 소규모의 사람 관계에도 해당한다. 서로가 안심하며 서로에게 의지하고 솔직해질 수 있는 데는 서로가 아닌 다른 그 누군가에 대한 험담이 도움이 될 수 있다.

그러니까 어떤 부부는 반드시 우리 부부를 평가 절하하며 위안을 얻고 있을 것이다. 마찬가지로 나를 험담하면서 그들만의 결속력을 강화하거나 자신의 삶이 더 상승한다는 느낌을 얻는 사람도 있을 것이다. 어찌 보면 그것이 다 인간의 운명 같은 것이어서, 그냥 그럴 수 있겠구나, 하고 생각하는 게 낫다. 어느 때는 일부러 나를 평가절하하거나 나에 대해 왜곡하여 자기위안을 삼는 사람을 볼 때도 있는데, 대개는 측은하게 생각하려고 한다. 누구나 다 자기 삶 하나 간신히 건사하기 위하여 저마다 참 다양한 자기합리화나 자기위안이 필요하기 때문이다.

모르면 몰라도 나 또한 친한 사람이나 아주 가까운 사람들과 이야기를 하다보면 '우리'가 아닌 '다른 어떤 누군가'를 설정하면서 우리의 결속감과 연대감을 강화하는 순간들이 있을 것이다. 다만 나는 구체적인 그 누군가를 인격 모독하거나 비난하는 건 그다지 내키지 않아서 그러지는 않으려고 노력하는 편이다. 그러고 나면 나중에 결국 나 자신이 더 기분 나빠지곤 하기 때문이다. 그럼에도 나 자신이든 우리든 어떤 정체성과 관계가 형성되기 위해서는 내가 아닌 누군가, 우리가 아닌 그들이 있어야 하는 건 진실인 것 같다.

그러니까 사실 누구도 그렇게 인격적으로 완벽할

수 없고, 누구도 백지처럼 깨끗하게 아무 욕도 안 먹고 살 수 없고, 누구도 천사처럼 그 누구에 대해 아무런 뒷 이야기를 안 할 수 없다. 그저 각자 자신을 견뎌내기 위 하여, 조금 안심하고 싶어서, 조금은 위안을 얻거나 자 기확신을 얻고 싶어서 그런 자질구레한 일들을 저지르 거나 겪으며 살아간다. 만약 어떤 종류의 말들이 명백히 부당하고 나에게 실질적인 피해를 입힌다면 맞서 싸워 야겠지만, 그 정도가 아니라면 인간사 다 그러려니 하고 내버려둘 필요도 있다.

그저 나야 내가 생각하는 좋은 사람들과 좋은 관 계를 맺고 살아가면 그만이다. 그 밖의 사람들은 또 그 들이 생각하는 좋은 사람들과 그들의 관계를 맺으며 살 아가는 것뿐이다. 어찌 보면 그들 또한 나처럼 행복하고 싶은 몸부림을 치는 것뿐이니, 그들은 그들대로, 나는 나대로, 우리는 우리대로 저마다 각자의 삶 속에서 잘 살아가면 되는 것이다.

나를 미워하는 사람의 마음에 굴복하는 일

　언젠가 한 글쓰기 모임에서 했던 말이 기억난다. "세상의 모든 사람들로부터 사랑받으려는 것이야말로 가장 바보 같은 일이다." 누군가를 가리켜 했던 말은 아니었고, 글쓰기에 대한 일반론을 이야기하면서 했던 말이었다. 이 세상의 가장 바보 같은 목표는 세상 모든 사람으로부터 사랑받으려는 일이다. 세상에는 나를 좋아하는 사람이 있다면, 반드시 나를 싫어하는 사람도 있다. 그 진리를 피해 간 사람은 인류 역사상 단 한 명도 없을 것이다.

　그러니 하나 더 바보 같은 일에 관해 말하자면, 나를 미워하는 사람 때문에 무언가를 포기하는 일이다. 달리 말하면 나를 미워하는 사람의 마음에 굴복하는 일이다. 나를 미워하는 누군가의 마음 때문에 나를 좋아하는 누군가의 마음조차 들여다보지 못하는 일이다. 나를 사랑하고, 아껴주고, 소중히 생각해주며, 좋아해주는 그 누군가의 마음에 집중하기에도 아까운 인생을 나를 싫어하는 이들에게 바치는 일이다. 내 삶을 나에 대한 미움에 재물로 바치는 일이다.

우리는 결코 모든 사람으로부터 사랑받을 수 없다. 당신은, 나는 결코 그 누군가로부터 미움 받지 않을 수 없다. 그러니 당신은 당신의 일을, 나는 나의 일을 해야 한다. 그 일이란 나에 대한 사랑에 부합하는 일이다. 나를 사랑하는 이들이 원하는 삶을 사는 것이다. 미움에 굴복하지 않고, 나를 사랑하는 이가 원하는 대로 나의 삶을 살아내는 일이다. 미움 받는 일이 당연하다면 오히려 사랑받는 일이 드물다고 여길 줄 알고, 그 드문 마음을 기억하는 일이다. 사람이 해야 하는 것은 삶을 통해 바로 그런 사랑의 길을 따라나서는 일이다.

나는 누군가로부터 미움 받거나, 비난받거나, 모욕을 당하거나, 그 누군가의 시선이 무서워 고민하고 있는 사람에게는 가능하면 '나는 당신을 응원한다'는 말을 해왔다. 당신이 옳으니까 당신의 길을 가면 좋겠다고 말하는 것이 내게 주어진 의무라고 느낄 때가 많았다. 우리는 살아가면서 결국 주위에서 얻는 작은 위로들에 빚지고 그에 힘입어 살아갈 뿐이다. 삶을 이겨내게 하는 것들은 의외로 거대하고 대단한 응원이 아니라 내 곁에서 건네받는 아주 작은 순간들이다. 사람은 삶에 필연적으로 존재하는 미움들에 맞서면서 그 작은 순간들에 의지해 살아간다.

당신은, 나는 결코 그 누군가로부터

미움 받지 않을 수 없다.

그러니 당신은 당신의 일을,

나는 나의 일을 해야 한다.

그 일이란 나에 대한 사랑에 부합하는 일이다.

나를 사랑하는 이가 원하는 대로

나의 삶을 살아내는 일이다.

삶의 초점을 미움이 아니라 사랑에 맞추기, 이것은 어찌 보면 당연하고 쉬워 보이지만 의외로 삶에서 핵심적인 전환이 되곤 한다. 나에 대한 미움들에서 등 돌리기, 나에 대한 사랑에 보답하기, 미움 받지 않기 위해 사는 것이 아니라 더 진정한 사랑을 나누기 위해 살기, 나에 대한 멸시나 시기 혹은 증오에서 눈 돌리고, 내 삶의 의미를 이끌어주는 것들 속으로 매일 더 깊이 걸어 들어가기, 이런 원칙들이 삶 속에 깊이 자리하게 할 필요가 있다. 그러고 나면 그 사람은 비로소 좋은 것이 무엇인지 아는 삶을 만들어간다.

누군가를 함께 비난해줄 사람

많은 경우 사람들은 그 누군가를 함께 비난해줄 사람을 필요로 한다. 또한 누군가가 다른 누군가를 욕하거나 비난할 때, 거기에 동조하여 함께 비난하는 걸 일종의 의무라 느끼기도 한다. 관계라는 것은 그 무언가를 함께 사랑하기보다 그 무언가를 함께 미워하면서 더 끈끈하게 형성되는 경우도 적지 않다. 그러나 나는 그런 식으로 관계를 형성하는 걸 그다지 좋아하지 않는다.

가령 많은 사람들이 습관적으로 수다를 떨면서 자기 배우자나 자기 부모에 대해 험담을 늘어놓는다. 나는 그것이 마음의 상처나 힘겨움을 치료하기 위해 반드시 필요한 '필연적인 치유 과정'이라고 생각하진 않는다. 물론 그렇게 치유되고 해소되고 건강해질 수 있다는 가능성을 부정하진 않지만, 적어도 나에게는 그런 방식이 그다지 도움이 되지 않았다. 그보다는 타인들 앞에서도 나와 가까운 사람들을 지켜주는 것, 그들에 대해 함부로 말하는 일을 자제하는 것, 가능하면 나쁜 말들은 내 안에서 해결하는 것이 나에게 좋다는 것을 오랜 시간

동안 꾸준히 배워왔다.

남자들 중에는 자기 아내에 대해 거의 습관적인 험담이나 비하하는 말들을 늘어놓는 사람이 많고, 반대로 여자들 중에는 자기 남편에 대해 말 그대로 '남의 편'이라면서 쉽게 비난하는 경우가 많다. 그럴 때마다 나도 내 배우자의 나쁜 점을 말해야 한다는 약간의 압박감을 느낀다. '나는 나의 사람에 대해 나쁜 점을 털어놓는데 너는 왜 가만히 있냐. 네가 그렇게 잘났냐. 그렇게 행복하냐. 그렇게 너는 좋은 사람이고, 좋은 사람이랑 사냐' 같은 식으로 무언의 요구를 받는데, 나는 그에 응해본 적이 없다. 나는 내 주변 사람에 관해 나쁘게 말하고 다니는 사람이고 싶지 않다. 이는 그저 나 자신이 그런 존재이고 싶지 않다는 어느 정도 이기적인 미의식 같은 것에 기반을 두고 있기도 하다. 나는 그냥 그런 사람이고 싶지 않다. 그런 사람은 내 기준에서 아름답지 않다.

대다수 사람이 타인을 비난하며 친해질 수밖에 없는 것이 인간관계이고 사회생활인 건 어쩔 수 없을지도 모른다. 그러나 나 자신을 싫어하게 되면서까지 그런 인간관계나 사회생활에 너무 집착할 필요도 없다. 인간관계는 내가 나 자신을 배반하지 않고 나를 좋아할 수 있는 한도 내에서 적당히 맺으면 되는 것이다. 그 이상을 넘어서까지 억지스럽게 타인들의 법칙을 따라 살 필요는 없다. 그렇게 살더라도 안 죽는다는 걸 알게 되기까지 꽤 오랜 시간이 걸렸다. 그렇게 살아도 죽지 않는다. 그렇게 살아도 괜찮다.

그러니 나는 당신의 미움이 나에게 그다지 미움을 강요하지 않길 바라며 살아왔다. 물론 이것은 정당한 분노, 합리적인 비판의식, 삶에서 가지게 되는 중요한 문제의식을 서로 나누는 것과는 별개다. 그런 것들은 오히려 많이 공유할수록 좋다고 생각한다. 그러나 소주 한 잔 마시며 털어놓는 온갖 미움들, 증오들, 원망들, 불평불만들, 자기가 사랑하는 것보다는 미워하는 것으로 더 깊이 엮이길 바라는 사람들, 미움을 공유하며 결국 너도 나도 미움의 솔직함으로 맺어지길 바라는 어느 관계들을 나는 그리 좋아하지 않았다. 내가 바라는 관계란, 아무래도 나 자신을 좋아하고 사랑할 수 있게 만들어주는 관계라고 생각한다.

좋은 비판과 비판을 위한 비판

삶에서 참으로 귀중한 존재는 내가 더 나은 사람이 되길 바라며 나에게 의미 있는 비판을 해주는 사람들이다. 주변에 그런 사람들이 완전히 사라졌다면 그 삶은 어딘가 잘못되었다고 봐도 무방한 듯하다. 내가 하는 일, 내가 쓰는 글, 내가 관계 맺는 방식, 내가 살아가는 스타일에 대해 의미 있는 비판들은 내 삶이 추락하는 것을 막아준다. 내 존재가 추해지고 혐오스러워지고 폭력적이 되는 걸 방지해준다.

그러나 동시에 그 바로 옆자리에는 삶에서 가장 경계해야 할 존재가 서 있기도 하다. 그는 비판을 위한 비판, 비난을 위한 비난, 불만을 위한 불만을 내게 늘어놓는 존재이다. 이런 존재는 삶에 거의 아무런 이로움이 없다. 그들은 나의 의욕을 꺾어놓고, 내가 가던 꽤나 괜찮은 길의 방향을 틀어버리며, 내가 가진 한 줌 자신감을 갉아먹고, 결국 나 자신에게 부정적인 암시들을 심어놓게 한다.

그런데 '좋은 비판'과 '비판을 위한 비판'은 좀처

럼 구별하기가 쉽지 않다. 일단 누군가가 나에게 하는 비판은 그 자체로 나를 자극하게 되고, 다른 걸 다 접어두고 기분을 나쁘게 만든다. 동시에 그 말을 곱씹게 하면서 나 자신을 의심하게 만든다. 그럴 때 과연 그 사람이 나를 위해, 진정으로 더 나은 것을 위해 그런 말을 한 것인지, 그저 자기 자신의 자격지심이나 피해의식, 다소 부정적인 성향 때문에 그런 말을 한 것인지 판별하기가 쉽지 않다. 그럼에도 그 말이 둘 중 어느 쪽에 해당하는지는 반드시 알아내야 한다.

일반적인 기준이 있기는 어렵지만 하나의 기준은 생각해볼 수 있다. 그가 평소에 얼마나 내게 관심을 갖고 응원하며 때로는 좋은 이야기들을 전해주었느냐 하는 것이다. 평소에 나에게 그다지 관심도 없었고, 서로에게 힘이 될 만한 이야기를 별로 나눈 적도 없었으며, 딱히 나에게 좋은 영향이랄 것을 준 적이 없었다면 그의 비판은 흘려듣는 게 낫다. 그는 비판하고 싶어 근질근질한 마음을 위한 '건수'를 잡은 것에 불과할 가능성이 높기 때문이다. 실제로 세상에 넘쳐나는 비판, 비난, 부정, 신경증, 악플, 불만의 말들 중 상당수는 바로 그런 '건수 잡기'에 불과하다.

진심 어린 마음으로 서로를 대하지 않는 사람의 공격과 비판은 인생에서 걸러내야만 하는 독성과 같다.

반면 늘 서로에 대한 마음을 아끼지 않는 사람이 어느 날 내뱉은 진심 어린 충고만큼 새겨들어야 할 것도 없다. 어떤 말들은 마음에 남아 삶이 되고, 어떤 말들은 그저 한쪽 귀로 들어왔다가 한쪽 귀로 나가버리고 만다. 그런데 어떤 말을 남기고, 어떤 말을 흘려보낼 것인가는 스스로 선택해야만 하고, 그런 선택이야말로 삶을 결정 짓는다.

공감하나 동의하지 않는다

언젠가부터 내 주변에 피해의식이나 시기심에 사로잡힌 사람들이 없어졌다. 더불어 공고한 서열의식을 지니거나 자기만이 옳다고 주장하는 사람들도 없어졌다. 타인과 자기 삶의 차이를 웬만해서는 내버려두고, 누군가를 특별히 비난하지도 않으며, 자기만 맞다고 주장하지도 않는다. 거의 그런 사람들만이 내 주위에 남아 있다.

아마도 내가 가진 대화의 태도 같은 것들이 내 주변 사람들 구성을 그렇게 만들어놓은 듯하다. 이를테면 누군가 어떤 기준이 절대적인 것처럼 이야기하면 나는 그에 동의해주지 않는다. 특정한 기준에 맞추어 누군가를 비난하더라도 사람이 그럴 수도 있지, 혹은 그 사람은 이런 생각이나 마음이 아니었을까, 하는 식으로 대답하고 동조해주지 않는다. 그러다보니 결국 그런 사람들은 남지 않게 된 것 같다. 덕분에 주변 사람으로 인해 크게 불편할 일이 좀처럼 없다.

누군가 이야기를 할 때 그의 말에 공감해주는 것

과 동의해주는 것은 별개의 문제이다. 공감하고 이해하는 일은 사람 관계에서 여러모로 중요하다. 그러나 나는 대개 반쯤은 공감하거나 이해해주더라도 반 이상은 동의하지 않는다. 당신이 그렇게 생각할 수 있다는 건 이해하지만, 그 말이 절대적으로 옳다고 생각하진 않는다. 당신이 누군가를 비난하거나 폄하하고 싶은 마음에 공감할 수는 있지만, 나는 그렇게 생각하진 않는다고 선을 긋는 것이다.

이런 식의 대화법은 생각보다 타인의 마음을 크게 해치지 않는 것 같다. 오히려 주위 거의 모든 사람들과의 대화법이 그런 식으로 이루어지게 된다. 아니면 그런 대화법이 애초에 잘 맞는다고 느끼는 사람만이 곁에 남게 된다. 그래서인지 타인으로부터 스트레스를 받는 일 자체도 거의 사라졌다.

나는 누가 어떤 정치적 성향을 갖고 있든, 어떤 종교적 신념을 갖고 있든, 어떤 진영을 지지하든 거의 아무런 상관이 없다. 보수든 진보든, 기독교인이든 불교인이든, 페미니스트이든 아니든 아무래도 좋다고 생각하는 편이다. 그러나 오직 자기만이 옳아야 하고, 내가 그에 동의해주어야 하며, 자기와 다른 것에 관해 이해심을 발휘하지 못하는 사람과는 아무래도 관계가 오래 지속되는 경우는 거의 없다. 반대로 자신이 어디로 보다 타인은 나의 옳음을 증명해주는 증거가 아니다.

나 역시 당신의 옳음에 동조하기 위해

동원되는 증인이 아니다.

우리는 완전히 같을 수 없는

서로라는 존재를 바라보고,

서로의 이야기를 듣기 위해

관계를 맺는 것이다.

마음이 기울어 있고 무엇을 보다 지지하든, 그 외의 가능성에 대해서도 늘 이해하고자 하는 사람이라면 언제 만나든 늘 좋은 기분으로 시간을 보내게 된다.

내가 언제든 틀릴 수 있고 세상에는 다양한 관점이나 가치관이 존재할 수 있다고 믿는 것은 '좋은 관계'에 무척 중요하다. 관계는 내가 절대 옳다는 확신을 얻기 위해 맺는 것이 아니다. 그보다는 각자의 입장을 인정하고 이해하며 때론 함께 바꿔나가는 자리에 관계가 있다. 타인은 나의 옳음을 증명해주는 증거가 아니다. 나 역시 당신의 옳음에 동조하기 위해 동원되는 증인이 아니다. 우리는 완전히 같을 수 없는 서로라는 존재를 바라보고, 서로의 이야기를 듣기 위해 관계를 맺는 것이다.

비교가 체화된 사람들

내가 다소 기피하는 유형 중에는 남들과의 비교가 완전히 체화되어서 머릿속에 비교밖에 남지 않은 사람들이 있다. 은근히 사회의 엘리트라 불리는 사람들 중에서도 그런 경우가 많은데 인생에서 자기만의 것, 자기만의 여력, 자기만의 삶이라는 게 없고 머리끝부터 발끝까지 비교로 점철되어 있는 것이다. 이런 경우 우월감과 열등감은 동전의 양면처럼 그 사람의 거의 전부를 차지하게 된다. 남들을 내려다보며 우월감을 느끼거나 남들과 비교하며 열등감을 느끼는 게 그들 인생과 감정의 대부분이 되어버리는 것이다.

그냥 자기 인생을 살아가면서 그 속에서 나름의 행복이나 의미를 찾지 못하고, 하나부터 열까지 남들과 비교하며 내가 더 우월한지, 손해 보는 건 없는지, 남들에게 뒤처지거나 앞서는지에 대한 생각만이 인생에 남아 있다. 이런 사람들은 그냥 곁에 있는 것만으로도 삶이 갉아먹히는 기분을 들게 한다. 가진 것에 대한 만족이라고는 전혀 없는 듯 항상 어딘지 화가 나 있고, 욕구

불만에 시달리고 있으면서, 남들을 깔보거나 조롱하고 얕잡아보는 일을 거의 습관처럼 삼고 있다.

나는 이런 사람들과는 가능하면 얽히지 않는 게 좋다고 느낀다. 결국 언젠가는 그가 가진 무한한 열등감 중 하나의 화살이 나에게 향할지도 모를 일이고, 남들을 향한 그의 조롱이 나를 향할 가능성도 얼마든지 있기 때문이다. 자기 삶에서 사랑할 만한 면을 전혀 찾을 생각이 없고, 자기 삶을 긍정하는 최소한의 힘도 없는 사람은 가능하면 곁에 없길 바라게 된다. 그런 사람 곁에 있으면 나까지도 점점 인생을 무미건조한 비교의 늪 속에 던져 넣게 되는 듯하다.

그런데 보통 그런 사람들은 주변이 온통 비교로 점철된 영역에서 사는 것 같았다. 그가 속한 업계나 집단이 유달리 하나부터 열까지 서로 비교하며 줄 세우고 수직적 구조로 순위를 매겨서 서로를 서열화하는 환경을 조성하는 것이다. 그가 매일 만나는 사람들이 그렇게 서로를 은근하게 비교하며 시기질투하는 사람들이어서 서로의 위아래를 나누는 일에 정신의 상당 부분을 쓸 수밖에 없는 것이다. 만나서 하는 이야기는 학벌이 어떻고, 집값은 얼마고, 주식으로 누가 대박이나 쪽박을 쳤고, 명품은 무엇을 갖고 있고 하는 것밖에 없으니 자연스레 히스테리와 피해의식이 쌓이면서 상대적 우열만

남은 사람이 되어버린다.

　　이것은 나의 취향 문제이므로 누군가 잘못 살고 있다거나 잘 살고 있는지를 따지려는 것은 아니다. 그런 철저한 비교 속에서 나름대로 성취감을 얻어가면서 남들보다 높은 위치에 올라서고 인생을 멋지게 살아가는 사람들도 있을 것이다. 경쟁이 인생에서 가장 중요한 희열이자 의미일 수도 있으니 말이다. 그러나 나는 그런 것들로만 가득한 사람은 가능하면 피하려고 할 뿐이다. 그저 내가 살아가고 싶은 삶이, 삶에서 집중하고 싶은 것이, 삶에서 가장 중요한 마음을 두고 싶은 지점이 그들과 다르기 때문이다. 인생은 자기가 좋아하는 사람들을 만나며, 자신이 믿는 좋은 마음을 주고받는 것으로도 늘 모자라다.

우월감에의 몰입

    살아갈수록 타인에 대한 우월감에 몰입하는 건 참 멍청한 일이라는 생각이 든다. 인생을 30~40년 정도 열심히 살아온 사람에게는 저마다 애쓴 부분이 있기 마련이다. 그래서 내가 그 누군가보다 '잘났다'고 할 수 있는 부분이 일부 있을지라도, 그에게도 역시 나보다 '잘났다'고 할 수 있는 부분이 반드시 있다.

    가령 누군가는 자신의 지위나 명예, 돈에 우월감을 가지고 상대방보다 높은 위치에 있다고 믿는다. 그러나 상대는 그보다 더 건강하거나 운동을 잘할 수도 있고, 주변 사람들과 진정한 우정을 나누거나 더 깊은 영성을 지녔을 수도 있다. 그렇기에 그 앞에서 내가 찬 시계나 가방이 더 비싸거나 내가 타고 다니는 차가 더 고급이라며 우월감을 느끼는 건 멍청한 일이다. 정작 내가 그런 가치의 우월감에 몰두하고 있는 동안, 상대방은 나보다 훨씬 건강한 몸과 마음으로 공원을 달리고 있을 수도 있다.

    우월감에 몰두하는 건 멍청한 일이기도 하지만

취약한 일이기도 하다. 내가 돈에 최대의 가치를 두고 우월감을 중시하며 살아가는 사람이라면 나는 매우 취약한 삶을 살고 있다는 뜻이다. 왜냐하면 나의 자산이 내년에 가치가 엄청나게 하락할 수도 있고, 갑자기 세무 조사를 당하거나 투자 실패로 그 가치를 잃을 수도 있기 때문이다. 동시에 나는 나보다 돈이 더 많은 사람 앞에서는 늘 열등감을 느낄 수밖에 없다는 뜻이기도 하다.

학문적 성취나 사회적 권력, 명망에서 오는 우월감에 취한 사람이 여러 비위 문제나 표절 시비 등으로 그 모든 걸 하루아침에 잃는 경우도 무척 흔하다. 그러면 그에게는 삶의 근거가 없어져버리는 셈이 된다. 그렇기에 무언가 누리는 게 있다면 감사할 수는 있을지언정 그에 지나치게 몰입하며 자기 삶의 의미를 의존한다면 그 삶은 근본적으로 취약해진 수밖에 없다.

그래서 살아가면서 가장 좋은 태도는 누구를 무시할 필요도 없고, 누군가 나를 무시한다고 생각할 필요도 없으며, 우월감이나 열등감을 느낄 필요도 없이 그저 내 삶의 좋은 것들을 스스로 사랑해가는 것이 아닐까 싶다. 내가 운동해서 몸이 좋아지면 어제의 나보다 나아져서 좋은 것이지 SNS 속 다른 사람보다 몸매가 우월해서는 아니다. 내가 책을 꾸준히 내서 좋은 것은 책을 한 권 낸 사람보다 우월해서가 아니라 그저 글 쓰는 게 좋고 그로 인해 펼쳐지는 삶이 좋기 때문이다.

그렇게 내면을 채워간다면 특히나 외적인 것에 집착하는 일도 많이 줄어든다. 중요한 건 남들의 시선이나 남들과의 비교의식이 아니라 나의 좋은 삶 그 자체이므로, 나의 좋은 삶에 진실로 기여할 수 있는 일들이 무엇인지 하나하나 찾게 된다. 그러면 내가 진짜 좋아하는 책도, 음악도, 영화도 알아갈 수 있다. 내가 정말 원하는 운동도, 관계도, 살 곳이나 탈 것도 알아갈 수 있다. 몰입해야 할 건 우월감이나 열등감이 아니라 나의 삶을 내면에서부터 온전하게 만드는 마음들이다.

오만한 방관자들에 대하여

무언가를 잘하고자 애쓰는 사람을 비웃는 것만큼 한심한 일은 없다. 누구나 무엇이든 시작부터 잘할 수는 없다. 처음부터 유명하거나 성공하거나 완벽할 수도 없다. 우리가 아는 무언가 잘하는 사람, 근사해 보이는 사람, 마치 태어날 때부터 '멋진 사람'의 운명을 부여받은 듯한 사람에게도 어설프고 진흙탕을 뒹구는 것같이 전전긍긍하는 시절이 있었다.

그러나 한심한 사람들은 다른 누군가가 전전긍긍하며 애쓰는 걸 비웃고 싶어한다. 왜냐하면 스스로는 그럴 자신이 없기 때문이다. 실패하는 게 겁나고 누군가 비웃을까봐 자신은 애초에 그런 '애씀'으로 들어갈 용기가 없기 때문이다. 대신 그는 한 걸음 물러나 '애초부터 잘될 사람'과 '애써도 안 될 사람'을 신처럼 나누며 구경하고 비웃고 품평하기를 좋아한다. 그러나 실제로 세상을 움직이는 것, 삶다운 삶을 사는 것, 세상에 의미 있는 발걸음을 옮기는 것은 구경꾼이 아니라 플레이어의 몫이다.

나는 운 좋게도 자기 분야에서 상당한 명망을 이룬 사람들을 가까이에서 보거나 그들의 이야기를 들을 기회들이 제법 있었다. 가령 어느 분야에서 지금은 그 이름을 모르는 사람이 없는 한 사람이 있다. 사람들은 그가 갑자기 완성되어 어느 날 세상에 등장한 존재처럼 여긴다. 그러나 나는 그의 이야기를 듣고 깜짝 놀랐는데, 그가 아무도 모르는 동안 그 분야에서 15년 동안 맨 땅에서부터 엄청나게 애써왔다는 것이었다. 그동안 그도 '용쓰네, 네까짓 게 그런다고 되겠냐' 같은 시선을 끊임없이 받았다. 땅 짚고 헤엄치듯이, 때론 가족같이 가까운 사람들의 체념 섞인 눈빛까지 받아가며 '발악한' 끝에 일종의 이상을 이룬 것이었다.

　　오만한 구경꾼들은 인간의 불완전한 애씀을 신뢰하기보다는 특정한 인간에게만 완벽한 천재성이나 타고난 재능, 태생적으로 정해진 자연스러운 빛남이 있고, 자신은 그것에 대한 안목이 있다고 스스로 믿는다. 우리 시대에 이런 태도는 무척 흔해졌다. 인생이란 무엇이든 타고난 것에 의해 결정된다는 냉소주의가 광범위하게 유행하고 있다는 점에서 그렇다. 이것은 무엇이든 귀찮게 여기면서 편의적으로 소비하는 데 중독되어가는 소비형 인간의 태도와도 직결된다. 악착같이 노력하며 생산하는 태도 자체를 싫어하게 되면서 노력의 가치 자체

를 평가절하하거나 추하게 여기고 '없는 취급' 하고 싶
어하는 것이다.

그러나 내가 알고 있는 진실은 이런 쪽에 가깝다.
천재적인 재능을 타고나 너무나 아름다워 보이는 어떤
존재도 사실은 너무도 그렇게 되고 싶어서 지리멸렬할
정도로 추한 시절 속에 자기를 갈아 넣으며 애써온 경우
가 대부분이라는 것이다. 가장 자연스러운 아름다움으
로 도도함을 자랑하는 미녀나 미남도 얼굴에 난 잡티 하
나하나에 강박적으로 신경 쓰며 관리하고, 수많은 시술
과 표정 연습을 거쳐 그렇게 보이게 되었다는 점이다.
태어날 때부터 여왕이었을 것 같은 피겨 스케이팅 선수
도 똑같이 지지리 궁상맞은 나날들을 거치고 거쳐 간신
히 그 빛나는 순간에 도달한 것이다.

삶에서 기리를 둬야 하는 사람 중 맨 잎줄에 있
는 사람은 애씀을 무서워하면서도 비웃는 사람이다. 그
런 사람 곁에 있다보면 결국 잃는 건 삶이다. 왜냐하면
삶이란 본디 구경하는 게 아니라, 플레이하고 실천하며
살아내는 것이기 때문이다. 인간이 가장 살아 있을 때는
누가 보는지도 모른 채 사랑하는 사람과 뒤엉켜 깔깔대
고 웃으며 자유롭게 춤추고 추하게 노래 부를 때다. 남
들이 볼 때는 어리석기 짝이 없고 한심해 보이든 말든,
내가 진정으로 원하는 일에 젖 먹던 힘까지 쏟아부으며

어느 날, 밝은 햇살 아래 가장 추한 것은

진흙탕을 뒹굴며 나아가던,

애쓰며 발악하던 그가 아니라,

담벼락 아래 낄낄대며 줄지어 앉아 있던

구경꾼들이라는 것은 너무나 쉽게 밝혀진다.

몰입하고 있을 때다.

애쓰는 사람들은 결국 어떤 식으로든 삶을 자기 것으로 만든다. 자기의 삶을 타인들의 시선에 난도질당하게 두지 않고 자기의 파도로 만든다. 자기만의 텐션을 끌어올리고, 자신의 에너지로 삶을 이끌고 가며, 자기의 삶을 살아낸다. 이런 건 구경꾼으로 머물러서는 흉내도 내지 못하는 것이다. 그렇게 어느 날, 밝은 햇살 아래 가장 추한 것은 진흙탕을 뒹굴며 나아가던, 애쓰며 발악하던 그가 아니라, 담벼락 아래 낄낄대며 줄지어 앉아 있던 구경꾼들이라는 것은 너무나 쉽게 밝혀진다.

'대박'을 이야기하는 사람을 경계하기

내가 하나 믿지 않는 건 쉽게 큰돈을 벌 수 있다고 말하는 사람들이다. 자기가 운영하는 리딩방에만 들어오면 쉽게 큰돈 벌 수 있다, 자신의 다단계 네트워크에만 들어오면 금방 큰돈 벌 수 있다, 나만 믿고 투자하면 금방 부자가 될 수 있다, 그걸 모르는 당신이 너무 안타깝다, 나는 너무 쉽게 부자가 되었다, 이런 말은 목에 칼이 들어올 때까지 경계해야 한다고 믿는다.

오히려 나는 큰돈을 번 사람들이 돈 버는 일이 얼마나 어려운지 이야기할 때 훨씬 신뢰가 간다. 돈을 우습게 보지 마라, 인생을 쉽게 생각하지 마라, 큰돈에는 그만큼의 위험이 따른다, 그런 말을 하는 사람들에게 더 배울 것이 있다고 믿는다. 요즘에는 흔히 꼰대라고 할 법한 사람들의 말일지도 모르지만, 나는 인생과 돈벌이의 어려움에 대해 심각하게 이야기하는 이들에게서 더 많은 걸 얻는다. '쉽게 번 돈은 쉽게 나가기 마련이다' 같은 말을 하는 사람들 말이다.

2023년 기준으로 지난 5년간 우리나라 사기 범죄

발생 건수는 약 100만 건, 피해 금액은 약 120조, 검거된 인원만 약 140만 명이라고 한다. 사기 범죄의 피해자도 대부분이 경제적 취약 계층이라고 한다. 사기 범죄 수뿐만 아니라 전체 범죄 중 사기 범죄율이 매년 급증했고, OECD 사기 범죄율 1위 국가이기도 하다. 다른 나라와 단순 비교해서 '사기 공화국'이라고 단정 짓는 건 무리가 있겠지만 사기 사건이 판치고 있는 건 자명해 보인다.

최근에는 코인을 둘러싼 사기 사건이 급증하고 있다. 피해 규모만 조 단위에 피해자만 수만 명이 얽힌 사건도 있고, 리딩방 사기는 너무 흔해서 헤아릴 수 없을 지경이다. 이런 사기들은 대부분 '쉽게 큰돈을 벌 수 있다'에서 시작된다. 이런 식으로 시작되는 '폰지 사기'는 전 세계적으로 존재하지만 유달리 우리나라에서 더 쉽게 먹히고, 더 많은 사람들이 그러한 유혹에 쉽게 빠지는 것 같다.

'나만 따르면 쉽게 큰돈을 벌 수 있다.' 이런 말이 성행하는 사회는 그만큼 사람들이 그런 말을 믿는 사회이다. 아무도 그런 말을 믿지 않는다면 그런 말들이 그렇게 온 사방에서 떠들썩할 리가 없다. 달리 말하면 온 주변에서 소위 벼락부자나 벼락거지들이 수시로 출몰하는 세상이고, 너무나 촘촘하게 얽혀 있어 상대적 박탈감을 너무 느끼기 쉬운 사회이며, 그냥 올곧게 살아가기에는 너무 많은 말들과 비교와 서열이 존재하는 사회이다. 사실 위험이나 몰락이 더 많지만 기회나 대박이 더 많은 듯한 착각을 불러일으키는 사회이기도 하다.

이런 세상에서 나도 '쉬운 길'에 대한 유혹을 안 느껴본 건 아니지만, 그래도 이제껏 내가 믿는 것은 '꾸준함' 하나이다. 하나를 더하자면 '어려움'이다. 나는 꾸준함과 어려움만을 믿는다. 무언가를 꾸준하게 계속하여 이어가면 그로부터 내 인생의 기반, 마음의 뿌리, 삶의 태도를 얻을 수 있다고 믿는다. 그리고 중대한 선택이 있을 때, 쉬운 길이 아니라 어려운 길을 택하며 더 꿋꿋한 걸음을 익혀간다면 그 길이 내게 맞는 길이라 믿는다. 그게 청춘을 통과하면서 내가 얻은 내 인생의 지혜, 내가 믿는 나의 태도가 되었다.

그래서인지는 몰라도 내 주변에는 그렇게 '쉬운 돈벌이'나 '대박' 같은 걸 이야기하는 사람은 없다. 있는 사람은 다 어려움을 이야기하는 사람들이다. 도전이나 삶의 어려움, 지금의 길을 꿋꿋하게 이어나감, 또 다른 길을 걸어나가는 일의 괴로움, 치열함, 그러나 포기하지 않음, 그러면서도 삶을 사랑하는 일에 관해 이야기하는 사람들만이 내 곁에 남아 있다. 그런 사람들과는 서로 사기를 칠 여지도 없고, 있는 것이라면 그저 담담히 서로를 지켜보며 응원하는 일만이 있을 뿐이다. 관계는 삶

의 태도를 만든다. 좋은 관계는 결국 내 삶에 좋은 태도
를 북돋아주는 관계다.

6.

더 깊은 삶으로

관계의 목적

나를 둘러싼 사람들이 없다면

타인이 귀한 줄 모르고 자기만 잘난 줄 아는 사람은 결국 외로워진다. 사실 사람이 잘나봐야 얼마나 잘나겠으며, 그 잘남이라는 것도 타인들 없이는 대개 아무것도 아닌 경우가 많다. 자기만 잘난 줄 아는 사람일수록 그 잘남을 인정해줄 누군가를 간절히 필요로 한다. 아무도 알아주지 않는 잘남을 결코 견디지 못하는 것이다.

오히려 타인이 귀한 줄 아는 사람일수록 보다 온전한 '잘남'을 지니고 있다. 그는 자신의 기반이 타인이라는 것, 인정이든 사랑이든 자존감이든 그 많은 것들이 결국 타인과의 관계로부터 비롯됨을 알고 있다. 그렇기에 자기에게 주어진 타인들의 호의에 감사하게 되고, 자기기만 없이 그러한 호의 속에 머물러 있다. 그 '머물러 있음'이야말로 그를 단단하게 한다.

살아가다보면 그렇게 두 종류의 사람을 만나게 된다. 타인이 귀한 줄 모르고 자기의 잘남에만 극도로 몰입하는 사람은 마치 말라가는 물웅덩이처럼 더 왜소해지고 히스테릭해지며 방어적이 된다. 실제로 그에게

오히려 타인이 귀한 줄 아는 사람일수록

보다 온전한 '잘남'을 지니고 있다.

그는 자신의 기반이 타인이라는 것,

인정이든 사랑이든 자존감이든 그 많은 것들이

결국 타인과의 관계로부터 비롯됨을 알고 있다.

'인정해줄 만한' 무언가가 있더라도 사람들은 그에게 그런 인정, 호의, 선의를 주기를 점점 꺼린다. 그는 외로워질수록 한 줌 안 되는 '잘남'에 더욱 몰두하는 나르시시스트가 된다.

반면 타인이 귀하고 소중한 줄 알며, 누구에게나 배울 점이 있고, 환대하며 대접할 줄 아는 사람은 점점 강인해진다. 타인에게 관대하면 관대할수록 그는 방어할 게 없어진다. 대신 타인을 향해 가는 더 힘찬 에너지 속에서 강한 자존감을 얻고 자신의 결점과 장점을 있는 그대로 받아들인다. 고슴도치처럼 자기 안에 파고들어 자기의 '잘남'을 찾지 않아도, 그의 주위에 머물러 있는 호의적인 울타리가 그의 잘남 자체를 증명한다.

언젠가 나도 스스로가 무엇이라도 되는 양 잘났다고 믿었던 때가 있었다. 그런데 돌이켜보면 그 시절에 나는 인생에서 가장 불안했고, 어찌 보면 가장 방어적이며 왜소했다. 그러나 점점 그런 시절도 지나가면서 나의 부족함이나 불완전함을 많이 알게 되었고, 그럼에도 불구하고 나에게 손 내밀어주는 타인들에게 감사할 줄 알게 되어간다. 내가 볼 때 그다지 현명하지 못한 사람이 과거 나의 모습이었음을 인지하면서 스스로 성장하고 싶은 방향도 알게 되어간다.

그 방향이란 내가 사실 나를 둘러싼 사람들 없이

는 아무것도 아니라는 것을 자각하는 방향이다. 아주 어릴 적부터 인간은 부모나 친구, 스승의 시선을 받고, 그 관심과 마음에 의존하며 생을 시작한다. 그리고 살아가면서 여전히 사랑하는 사람과 마음을 주고받는 사람, 또 보다 넓은 관심으로 서로에게 호의와 선의를 보내는 사람으로 삶을 견딘다. 그 모든 것은 마치 시냇물 위를 건너게 해주는 돌다리와 같아서, 그것 없이는 삶이라는 시냇물을 건널 수조차 없는 것이다. 나는 그것이 적어도 내가 믿는 삶이라는 것을 알아가는 여정에 있다.

그렇게 우리는 서로에게 새겨진다

인간은 타인에게 자신을 새기기 위해 살아간다. 그 누군가에게 친절을 베풀고, 선물을 건네고, 그를 웃게 하려는 일들도 깊이 들여다보면 그의 '기억'이 되고 싶은 마음이 조금은 담겨 있다. 타인들로부터 인정과 관심, 사랑을 얻으려는 것도 알고 보면 그의 기억이 되고 싶은 마음일지도 모른다. 내가 당신에게 새겨져 당신의 일부로 남길 바라는 것이다.

글을 써서 세상에 내어놓는 마음에도 그런 구석이 있을 것이다. 그래서인지 문학 작품을 읽다보면 그 글과 작가와 작가의 마음이 나의 일부가 된다고 느낄 때가 있다. 가령 나에게는 릴케나 바르트, 카뮈 같은 작가의 존재가 마음 깊이 새겨져 있다. 그 이유는 그들이 그만큼 독자에게 자신이 새겨지길 바라며 마음을 다해 글을 썼기 때문일 것이다. 그것이 삶의 욕망인 것이다.

며칠 전 오랜만에 함께 로스쿨에서 공부하던 시절의 지인 두 명을 만났다. 우리는 서로가 전우나 다름없었다며 웃었다. 꼬박 3년 동안 함께하면서, 서로를 이끌어주고, 다독여주고, 서로에게 작은 선물들을 건네고, 서로를 위로하거나 응원하며 버텼다. 서로가 없었다면 그 3년을 이겨낸다는 것이 불가능했음을 알고 있었다.

그래서 이따금 만나도 서로에 대한 선의가 있다는 걸 믿을 수 있고, 서로를 진심으로 지지해준다는 걸 느낄 수 있다. 그렇게 우리는 서로에게 새겨진 것이다. 그러니까 그 시절은 그저 각자의 성공을 위해 애쓴 시간만은 아니었고, 서로에게 서로를 새긴 시간이기도 했던 셈이다. 시간이 흘러 서로에게 새겨진 서로가 남았고, 그래서 그 시절이 좋았다고 기억한다.

우리는 타인의 기억이 되길 바라고, 내가 타인의 기억이 되었다고 믿을 때 그 사람을 좋아하며, 그 시절도 좋아하게 되는 게 아닐까 싶다. 나아가 자신의 삶을 좋아한다는 것도 내가 그 누군가에게 그만큼 가치 있는 기억이 된다는 것과 깊이 연관되어 있다. 그게 나의 사랑하는 사람이든, 친구나 동료든, 혹은 독자든 말이다. 인간은 그렇게 타인에게 자신을 새기는 데서 삶의 가치를 얻도록 태어나지 않았나 싶다.

물론 타인에게 나를 새기는 방식이라는 건 때론 악의적이거나 폭력적인 경우도 있다. 폭력의 욕구 또한 결국 타인에게 자신의 힘을 새기고 싶어하는 인간의 욕구와 관련 있다. 그렇기에 타인에 대한 나의 기억이 상처나 폭력보다는 선의나 소중함으로 남을 수 있는 삶을 살아가는 것이 삶의 목표라면 목표가 되어야 한다. 그렇게 누군가의 기억이 되고, 또 나도 그 누군가를 기억하면서, 서로의 삶에 대한 이유가 되어주는 것이다.

당신과 나는 서로의 주인공이 된다

"당신의 일을 이해하는 유일한 사람들과 멀어지지 마."

영화 〈오펜하이머〉를 보면서 가장 인상적으로 남은 대사였다. 영화는 장장 세 시간 동안 이어지며, 원자폭탄을 개발한 한 인간의 전기를 가감 없이 보여준다. 결국 수많은 사람을 죽인 원자폭탄 개발에 대한 과정과 인간의 딜레마를 담은 영화였던 만큼, 사람들마다 인상 깊은 측면은 달랐을 것이다. 나는 계속 사람과 사람의 관계에 관한 것들이 눈에 밟히듯 들어왔다. 오펜하이머와 동료들, 그를 지지한 사람들, 그의 적들, 그가 사랑하거나 그를 사랑한 사람들, 그리고 그가 죄의식을 떨쳐내지 못한 사람들에 대한 이야기가 이 영화에서 내게 가장 깊이 와 닿은 부분이었다.

다음 날 아침에는 늦게 일어나 스마트폰을 뒤적거리다가 우연히 한 영상을 보고 펑펑 울어버렸다. 영상에서는 루마니아의 한 마을에서 두세 살쯤 되어 보이는 아이가 15미터짜리 관에 빠져 있었다. 구조대원과 온 동네 사람들이 모여 땅을 파고 관에 빠진 아이를 구하려고 하지만, 관은 직경 30센티미터 수준이어서 어른들은 도무지 들어갈 수가 없었다. 두 시간이 넘게 흐르며 아이의 울음소리도 그치고 부모는 절망에 빠지기 시작할 때, 동네의 열네 살짜리 소년이 자신이 들어가겠다고 했다.

그 소년은 평소 알고 지내던 아이가 빠져 있는 걸 보다 못해 자기가 구하겠다고 나선 것이었다. 한 어른은 자신이 아닌 그 어린 소년이 들어가야 한다는 사실에 매우 안타까운 듯 속상해했다. 수십 명의 어른들이 둘러싸 소년에게 로프를 감아주고 당겨주며 마지막 희망을 걸었다. 그리고 소년은 깊은 관 속으로 머리부터 들어가 아이를 꺼내 온다. 그 마지막 순간, 온 동네 어른들이 아이와 소년을 끌어안고 공명할 때, 눈물이 쏟아져 내렸다.

그런 생각이 든다. 오펜하이머도 그렇지만 인간은 본디 누구나 오만한 데가 있고, 세상은 자기 자신밖에 모르고 사는 각자도생을 가르친다. 그러나 인간은 사실 서로 걱정하고, 연민하고, 함께하며, 지지하도록 만들어진 건 아닐까? 나는 한 인간이 오직 자기만의 개인적 성취를 위해 최선을 다한 여정에 감동하기도 하지만, 그런 모습을 보고 울지는 않는다. 내가 울 때는, 거의 한 인간이 타인을 위해 위대한 용기를 내거나, 사람들의 마음이 모여 서로를 위해 애쓰며 서로의 눈을 바라보는 순간이다.

오펜하이머의 여정에도 몇 가지 인간의 모습을 엿볼 수 있었다. 그의 대단함, 명성, 그의 시대가 된 한 시절에 대한 묘사, 개인적인 천재성과 성취의 여정, 그런 것들이 내게는 오히려 감동을 다소 반감시키는 무언가처럼 느껴졌다. 그보다는 결국 사람들을 모으고, 그들을 놓지 않으려 하고, 자기의 일에서 타인을 발견하며 죄책감을 알게 되는 과정, 그래서 자기와 타인 사이의 관계에 대한 어떤 감각을 열어가는 딜레마적 여정에서 더 많은 걸 느꼈다.

오펜하이머의 목에 매달이 걸릴 때, 내레이션은 아인슈타인의 말로 이루어진다. 그때, 아인슈타인은 잊지 말라고 한다. "주인공은 당신이 아니라 그들이라는 것을" 말이다. 우리는 누구나 자기 삶의 주인공이지만 주인공은 혼자서만 존재할 수 없다. 주인공은 역시 저마다 삶의 주인공인 다른 사람들이 내 삶에 있어주어야만 가능한 것이다. 아이를 구한 소년이 주인공이 될 때, 그것은 그 소년의 용기와 마음에 눈물 흘려주는, 그를 둘러싼 수많은 사람들이 있기 때문에 가능하다. 세상의 주인공이 된다는 것은 사실 다른 모든 주인공들을 붙잡고 바라보는 일이다.

우리는 우리를 이해해주는 사람들과 멀어지는 걸

아쉬워할 줄 알아야 한다. 동시에 그 누군가를 진심으로 이해하기 위해 애쓰기도 해야 한다. 삶이란 결국 서로 이해하고 이해받는 사람들 가운데 있는 무엇이기 때문이다. 이 이해라는 것이야말로 가장 귀중하여서 이해하고 이해받은 순간들을 보물처럼 간직해야 한다. 삶이란 결국 나를 이해해줄 사람이 없다면, 또 내가 진심으로 이해해주는 사람이 없다면 아무것도 아닐 것이다. 타인의 용기와 결단, 죄책감과 딜레마, 그 모든 것을 이해하는 자리에서, 당신과 나는 서로의 주인공이 된다.

나의 핵심을 인정해주는 관계

사람은 자신의 핵심을 인정해주는 관계로 인해 강해진다. 반면 나의 핵심이 아닌 걸 인정해주는 관계로부터는 허영심을 얻을지언정 강함을 얻을 수는 없다. 니체의 말마따나 "내가 아닌 것"으로 얻는 인정이 허영심이기 때문이다. 나는 진짜 나인 것, 내가 진짜 가치를 부여하는 것, 내가 진짜 인정받고 싶은 바로 그것을 인정받을 때 나 자신이 된다.

우리가 정말로 인정받기를 원하지 않는 것들을 서로 인정해주며 버티는 관계들은 금방 약해지고 허무해진다. 그런 관계는 어딘지 가짜 같은 데가 있다. 대표적으로 '타자의 것'에 불과한 것들로 인정을 채우다보면 그 관계로부터 벗어나자마자 '텅 비어 있음'을 느끼게 된다. 가령 직장 동료와 서로가 얼마나 유행을 잘 따르는지, 남부럽지 않은 소비를 하는지, 남들 하는 거 다 하고 잘 사는지 깔깔대며 주고받던 이야기와 관계는 퇴사한 순간 연기처럼 사라진다.

그러나 내가 진짜 인정받고 싶었던 마음을 주고

사람은 자신의 핵심을 인정해주는 관계로
인해 강해진다. 반면 나의 핵심이 아닌 걸
인정해주는 관계로부터는 허영심을
얻을지언정 강함을 얻을 수는 없다.

받은 관계는 거의 영원히 이어질 수도 있다. 예를 들어 어떤 사람이 내가 정말 '내 것'이라고 느끼는 나만의 감성이랄 것에 감탄해주었다고 해보자. 그는 내 감성의 소중함을 알아보고 인정해주었다. 내가 진짜 나라고 믿는 바로 그것에 적중하는 사람은 드물기 때문에 나는 그를 계속 찾는다. 그도 나의 고유함을 알아보고 가치 있게 여기기 때문에 나를 찾는다. 설령 그렇지 않다 하더라도 그러한 인정은 거의 영원히 기억되어 나의 힘이 되고 피가 되고 살이 된다.

물론 우리 주변의 소소한 관계들은 삶의 일부가 되고 그 나름의 소중한 역할이 있다. 인간은 누구나 외로움에 취약하여 그렇게 소소한 일상을 나눌 수 있는 사람이 있는 것과 없는 것을 하늘과 땅 차이로 경험하기도 한다. 그러나 동시에 사람은 단순히 일상을 적당하게 유지하는 것 이상을 원한다. 그것은 진짜 삶을 살고 싶다는 것, 점점 더 진정한 나 자신이 되고 싶다는 욕망이다.

인간은 사막에 홀로 사는 존재가 아니기 때문에 결국에는 그러한 진정한 나, 진짜 나의 핵심을 인정해줄 존재를 찾아 나서게 된다. 우리가 삶의 핵심에 얼마나 도달하는가, 얼마나 진짜 나 자신이 되는가, 얼마나 진정한 삶으로 걸어가는가는 그런 관계를 어떻게 맺을 것인가에 달려 있기도 하다. 나의 감성, 지성, 마음, 창조성, 통찰력, 아름다움, 열정, 천진난만함 등 무엇이 되었든 나의 핵심이라 할 수 있는 바로 그 고유성을 알아봐줄 사람을 만나느냐 만나지 못하느냐가 우리를 전혀 다른 삶을 살게 할 수 있다.

때로 그 사람은 가족이나 친구이기도 하고, 스승이나 동료이기도 하며, 독자나 제자일 수도 있다. 물론 바로 그들 중에 나의 허영심만 부풀리는 존재도 있을 수 있다. 우리가 좋은 관계와 함께 살아간다는 것은 그중에서 나를 강하게 하는 사람들을 해독해낼 수 있음을 의미한다. 누군가는 나를 헛된 허영심으로 가득 차게 만들어 잘못된 권력욕에 빠지게 하거나 저열한 욕망에 집착하게 할 수도 있다. 반면 누군가는 내게 정확한 길이 되어줄 수도 있다.

우리는 강물에서 사금을 걸러내듯, 사막에서 오아시스를 찾듯, 모래사장에서 진주알을 찾듯이 그렇게 나를 진정으로 알아봐주는 사람들을 따라 자기만의 인생이라는 길을 걸어간다. 일단 그런 사람을 만나면 우리는 그를 반드시 알아보고, 영원히 기억한다. '그는 나를 알아주었지. 그 덕분에 여기까지 왔어. 그를 만나 나의 삶을 살 용기와 힘을 얻을 수 있었어'라고 반드시 기억하게 된다.

우리는 줄 때 자기 자신이 된다

인간이 살아가며 하는 일들의 대부분은 남들을 위한 일이다. 내가 오로지 나 자신을 위해서 할 수 있는 일은 생각보다 많지 않다. 나를 아름답게 치장하거나 나를 위한 운동을 하고 내가 좋아하는 소비 행위를 하는 것 정도가 오로지 '나'를 위한 일에 가까울 것이다. 그 외에 사회적인 역할을 하고 일을 한다는 것은 거의 대부분 '남'을 위해 무언가를 하겠다는 뜻이다.

가령 글을 쓰거나 영화를 만드는 건 사람들에게 감동을 주고, 의미를 전달하며, 그들의 시간을 가치 있게 만들고 싶다는 마음과 통한다. 글쓰기를 오로지 나만을 위해 할 수도 있겠지만, 이미 출판하고 공개되면 일정 부분 그것은 타인을 위한 일이 된다. 타인에게 위로를 주고, 누군가를 응원하고, 그의 삶에 보탬이 되는 일이 된다.

그 밖의 모든 서비스직은 어쨌든 고객을 만족시키는 일이다. 친절이든 실력이든 비전이든 그 무언가로 고객이 만족하게 하기 위한 일인 것이다. 그 외의 수많은 일들도 사실은 핵심이 '나'라기보다는 '타인'에게 있다. 물론 나는 그로부터 부수되는 보수나 대가를 얻지만 그 일 자체의 속성에서 중요한 것은 결국 타인의 만족, '타인을 위함'이다.

그러니까 누군가가 능력이나 실력이 있고 일을 잘한다는 건 그만큼 타인을 만족시킬 줄 안다는 것이다. 글쓰기나 예술, 강의나 수업, 변호나 대리, 사무나 회계 처리, 의료 등 그 무엇도 마찬가지다. 달리 말하면 타인이 행복하거나 기쁘고, 타인이 빛나고, 타인이 만족과 웃음을 얻을 때 그는 일 잘하는 사람이 된다. 그는 사회에서 필요한 사람이 되는 것이다.

이 전환은 기이하게 느껴진다. 대체로 우리는 자기를 위해 자기 실력이 중요하다고 생각하며 살아가기 때문이다. 그러나 사실 우리가 실력이라 부르는 건 타인을 위한 일을 얼마나 잘하느냐 하는 것이다. 이 관점을 제대로 이해하는 것이 모든 일에서 매우 중요하다. 이 관점을 이해해야 우리는 나의 능력과 실력으로 그 무언가를 생산하여 타인에게 '주는' 사람이 될 수 있다. 이 관점을 받아들이지 못하면 우리는 평생 타인이 주는 것을 소비하는 사람으로만 머물게 된다.

삶이란 결국 타인과의 관계이다. 그 관계에는 누군가가 주는 것을 받아서 소비하는 입장과, 누군가에게 끊임없이 무언가를 주면서 생산하는 입장이 있다. 그중 우리가 어떤 사회적 역할을 하는 존재가 된다는 건 '주는' 존재가 되는 것이다. 그것이 이상하게 느껴지는 이유는, 우리는 삶이란 자기 이익을 '얻는' 것이고, 이기적으로 약육강식의 세상에서 살아가는 것이라 들어왔기 때문이다. 그러나 진실은 거의 반대다. 우리는 줄 때 자기 자신이 된다.

생산이라는 것이 꼭 사회적 역할로만 이야기될 필요도 없다. 가령 누군가는 가족이나 자식 등 가까운 사람에게 사랑을 줌으로써 생산자가 되고 삶의 의미와 가치를 얻는다. 그럴 때도 핵심은 '주는' 것에 있다. 그를 통해 얻는 것들은 차라리 '부수적인' 것에 가깝다. 돈이나 이익, 보상, 아이를 통한 대리만족 같은 것들은 부수적인 포상이지 삶이나 그 행위의 본질이 아니다. 우리는 주는 존재로서 삶을 실현시켜나가는 것이다.

물론 사람이 살아가기 위해서는 소비도 필요하기 때문에 얻는 것 없이 주기만 할 수는 없다. 주는 행위에도 그에 따른 적절한 보상이 있어야 삶을 살아나갈 수 있다. 그러나 삶의 본질은 결국 끝없이 주고받는 그 순환에 있다는 것, 특히 나를 계속하여 내어줌으로써 삶을 얻는다는 것, 삶의 모든 의미 있는 역할이나 가치 있는 일들은 '줌'을 핵심에 두고 있음을 기억할 필요가 있다.

주지 않으면 삶은 움직이지 않는다. 삶이 생동하는 것은
주는 것으로부터 시작되는 순환에 있다.

타인의 빛남에 기여하는 일

　어릴 적에는 빛나는 사람은 영원히 빛날 것 같았다. 그래서 '빛나는 사람이 되기'라는 목표만 있었을 뿐, 그 이후나 그 밖의 것은 잘 생각하지 않았다. 가령 무대 위에서 빛나는 가수, 경기장에서 스포트라이트를 받는 선수, 시상식에서 트로피를 들어 올리는 영화배우가 부러웠다. 꿈이란 이루고 나면 영원히 이어지는 무엇이라고 막연히 믿었다.

　그러나 살아가면서 다양한 사람들을 만나고, 세심히 들여다보고, 이야기를 들으면서 그렇지 않다는 걸 자연스레 깨달았다. 삶에는 일종의 전성기나 정점이랄 게 있기 마련이다. 누구도 영원히 빛날 수는 없다. 누구도 영원히 빛나는 자기 자신만을 사랑하는 마음으로 살아갈 수는 없다. 오히려 그 빛남을 어느 순간 내려놓지 못하면 사람은 점점 추해지기 시작한다.

　과거 〈쇼미더머니〉 같은 힙합 오디션 프로그램을 보면 새로운 래퍼들이 계속하여 등장하는 걸 볼 수 있다. 반면 전성기를 이미 맞았던 래퍼들은 프로듀서가 되어 그런 신인 래퍼들의 음악 제작을 돕는다. 많은 가수나 래퍼들이 젊은 날의 짧은 전성기 이후에는 회사를 차리거나 코치, 제작자의 영역에 들어선다. 현재 우리나라 유명 기획사들을 보면, 과거 가수였던 이들이 대표가 되어 있다. 운동선수나 다른 예술가, 또 많은 직업인들이 다르지 않다.

사람은 어느 순간 자기의 잘남이나 빛남, 자기에 대한 몰입에서 물러날 줄 알아야 한다. 자식에 대한 사랑도 비슷하다. 지금까지 살아오면서 나의 빛남이 가장 중요했다면, 아이가 태어난 이후에는 아이가 빛나는 미소와 기쁨을 갖길 바란다. 나의 빛남보다는 아이라는 타인의 빛남에 더 웃는 시절이 시작된다.

한평생 오로지 자신의 빛남, 자신의 성공, 자신의 미모에만 집중하며 살아갈 수도 있겠지만, 아마 누구나 그런 일의 허무함에 대해 만날 날도 오리라 생각한다. 시간과 세월이라는 조건을 부여받은 인간이라는 생명은 '영원'이라는 단어와 어울리지 않는다. 그럼에도 영원을 이야기할 수 있는 게 하나 있는데, 그것은 바로 타인에게 그의 빛남에 기여하는 씨앗을 심는 순간들이다.

롤랑 바르트는 《애도 일기》에서 어머니의 죽음 이후 자기에게 남은 그 무언가가 있음을 알아차렸다고 쓴다. 그것은 어머니가 자신에게 물려준 '가치'이다. 그는 문득 자기 삶의 윤리를 포함한 모든 것의 기준이 되는 '가치'를 어머니로부터 다 받았음을 깨닫는다. 어머니는 세상을 떠났지만 그 가치는 자신 안에 남았다. 그리고 그 가치를 실현하며 살아가는 것이 '애도'임을 깨닫는다. 그는 그 가치를 이 세상에 남기고자 글을 쓰고 강의를 했다.

우리는 어느 순간 우리의 빛을 온전히 가진 존재가 된다. 누구에게나 삶에서 가장 빛나는 순간이 있다. 마음으로든, 외모로든, 사회적 성취로든, 내면의 힘이나 어떤 영역의 능력으로든 말이다. 나는 삶에서 해야 할 일이란 그 빛을 어느 순간부터는 조금씩 분화시키는 일이라고 생각한다. 누구나 타인에게 나누어줄 수 있는 빛이랄 것을 갖고 있기 마련이다. 삶이 다하여 그 빛이 완전히 꺼지기 전까지 그 빛을 나누어주며 살아간다면 이 삶의 허무를 이겨낼 수 있을 것 같다. 어떤 삶은 타올랐다가 꺼지지만 어떤 삶은 나누어진 빛으로 영원히 살아간다.

권력관계의 너머에

삶에서 가장 중요한 관계는 권력관계가 아니라 인간 대 인간의 관계이다. 그러나 사람은 인간 대 인간의 관계에서는 멀어지고 권력관계에만 길들기가 무척 쉬운 듯하다. 나에게 이익을 주는 사람, 나의 윗사람, 나보다 더 권력 있는 사람인 '갑'과 관계를 맺거나 반대로 내가 '을'이 되는 관계만 맺다보면, 인간과 인간 사이에 다른 종류의 관계가 있음을 쉽게 망각한다.

권력이 사람을 괴물로 만들고, 우리 사회가 갑질 사회로 오명을 높여가는 것은 그런 권력관계가 점점 넘쳐나기 때문일 것이다. 소비자는 돈을 주는 입장에서 갑질하고, 생산자는 그 앞에 고개를 조아리며 을이 된다. 그러나 생산자는 또 직장 내에서는 갑의 위치에서 아랫사람에게 갑질을 하거나, 다른 곳에 가서는 소비자인 왕이 되어 갑질을 하게 된다. 이런 관계들이 악순환되어 퍼져나가면 이윽고 사람을 삼켜버리게 된다.

그래서 사람은 별 이익이 없는 듯 보여도 그런 권력관계가 아닌 다른 관계를 지니고 있어야 한다. 오히려 그런 인간관계가 그에게 진정한 '삶의 이익'이 될 수도 있다. 그런 관계가 권력 속에서 병들어가는 그의 자아를 건져내고, 삶에는 다른 영역이 있음을 기억하게 도와준다. 권력에 짓눌린 자아에게도 그로부터 벗어나 유영할 수 있는 세상이 있음을 잊지 않게 해준다.

권력에만 길든 자아는 끊임없이 평가에 노출된 자아이기도 하다. 타인들의 평가에 의해 내 자아의 높고 낮음이 결정되고, 그에 따라 권력의 지위를 갖게 된다. 그러나 인간 대 인간의 관계에서 중요한 것은 타인의 평가가 아니라 타인과 함께 공감과 위로와 응원을 나누는 일이다. 인간 대 인간의 관계는 삶에 권력관계 외의 다른 관계가 있음을 이해하고, 서로에게 권력으로부터 벗어난 시공간을 제공해준다.

물론 세상의 어떤 관계는 권력에서 벗어나기가 쉽지 않다. 가령 직장이나 거래처에서의 관계는 권력으로 맺어져 있고 이를 해소하기는 어렵다. 오히려 핵심은 권력에 너무 오염되지 말아야 할 관계를 권력으로 '오염시키는' 것이다. 친구, 연인, 가족 관계 등은 서로를 권력으로 평가하고 억압하며 자아를 위축시키거나 확대해야 할 관계가 아니라, 자아를 풀어헤치고 만나 안아주어야 할 관계다. 이 관계들을 권력의 영향 바깥에 두는 것이 인간의 능력인 것이다.

삶은 그렇게 위축된 자아가 풀려나는 곳에서
반짝이며 피어난다. 우리는 권력망으로 짜인
사회 속에서 필연적으로 살아가지만,
그 그물망으로 완전히 덮을 수 없는
여백의 공간에서 삶을 피워 올린다.

삶은 그렇게 위축된 자아가 풀려나는 곳에서 반짝이며 피어난다. 우리는 권력망으로 짜인 사회 속에서 필연적으로 살아가지만, 그 그물망으로 완전히 덮을 수 없는 여백의 공간에서 삶을 피워 올린다. 그 공간에 사람이 있고, 사람과 사람의 마주침이 있고, 사람과 사람의 마음이 있다. 그 공간과 마주침, 그리고 마음을 잃지 않는 것이 우리 삶의 '진짜 이익'이다. 그 진짜 이익을 지켜내는 것이야말로 삶의 진정한 실용주의이다

관계가 우리를 살린다

우정의 과학 1

"놀랍게도 연구 대상자들의 생존 확률에 가장 큰 영향을 미친 것은 사교 활동 수치였다. 특히 심장 발작이나 심장마비를 일으킨 적이 있는 사람들에게 사교 활동 척도의 영향이 컸다. (…) 사회적 지원을 자주 받는 사람들과 (…) 사회적 네트워크와 지역 공동체에 얼마나 안정적으로 소속되어 있는가 (…) 이 두 항목의 점수가 높았던 사람들은 생존 확률이 50퍼센트나 높았다. 이것과 비슷한 효과를 나타낸 유일한 변수는 금연이었다." _32쪽*

살아가다보면 관계의 중요성을 간과하기 쉽다. 실제로 요즘에는 '친구가 밥 먹여주냐' 같은 관념이 유행하면서, 관계 좋으며 인생을 허비할 바에야 그럴 시간에 돈을 열심히 벌어 부동산 사두고 재테크 열심히 하라는 조언이 더 현실성 있게 받아들여진다. 돈만 많이 벌어두면 인생 문제의 대부분은 해결될 테니 친구나 관계에 너무 집착하지 말고 자기의 길을 찾아가라는 것이다.

* 로빈 던바, 안진이 역, 《프렌즈》, 어크로스, 2022. 이하 쪽수만 기재.

그러나 《프렌즈》에서는 실제로 사람의 생존 확률에 가장 큰 영향을 미친 것은 돈이 아니라 관계라는 연구 결과를 소개한다. 미국 유타주 브리검 영 대학의 '사회적 관계와 건강 실험'의 연구 결과에 따르면 사망 위험에 영향을 미치는 가장 중요한 요소는 관계다. 이 정도로 중요한 변수는 흡연(금연) 정도밖에 없다. 실질적인 의미에서 관계는 우리를 살린다.

"심리학적으로 보자면 한 친구에서 다른 친구에게로, 한 단체에서 다른 단체로 바삐 옮겨 다니는 '사회적 나비'가 되는 것은 친한 친구 1~2명을 깊게 사귀는 것과 전혀 다르다." _33쪽

성공하고 돈만 잘 벌면 사회적 인맥이 따르므로 관계 문제는 별로 신경 쓸 필요 없다는 말도 틀렸다. 관계에 관한 연구에 따르면 가벼운 인맥과 진짜 친구는 심리학적으로 완전히 다른 관계다.

"사교 시간 전체의 약 40퍼센트는 가장 안쪽 층에 속한 5명에게 투입되며 20퍼센트는 다음 층에 속하는 사람들 중에 가장 안쪽 층의 5명을 제외한 10명에게 투입된다. 즉 우리의 사교적 노력의 60퍼센트가 단 15명에게 집중된다. 나머지 135명은 나머지 시간으로 만족해야 한다." _143쪽

사람들이 맺는 관계들의 평균을 내보면 놀라운 공통점이 드러난다. 우리에게는 보통 가장 소중한 5명이 있다(물론 이런 숫자는 사람마다 한두 명 차이 날 수 있다). 그리고 그다음으로 소중한 10명이 있다. 우리는 도합 이약 15명에게 내가 관계에 쓰는 시간의 60퍼센트를 쓴다. 그 외에도 대략 135명까지는 우리가 소중히 여길 수있는 지인일 수는 있지만, 나에게 가장 소중한 15명에비할 바는 아니다. 달리 말하면 우리에게는 우리의 삶을나눌 15명(가족을 포함)이 필요하다.

　　우리 사회는 어릴 적부터 미래를 향한 목표 지향적 삶을 강조한다. 학급의 같은 반 친구들도 때로는 더높은 성적을 두고 싸우는 경쟁자일 뿐이다. 친구는 지금당장 너무 깊게 사귀기보다는 '나중에' 진짜로 사귀는것이라는 이야기도 심심찮게 이루어진다. 어차피 대학교를 가거나 취업을 하면 만나는 사람들도, 친구들도 달라지니 관계는 나중에 돌봐도 괜찮다고도 말한다.

　　그러나 《프렌즈》는 인생에서 가장 중요한 친구나가족 관계는 '나중에' 쉽게 해결될 수 있는 것이 아니라고 말한다. 오히려 관계는 관계 그 자체를 목적으로 해야 한다. 그래야만 그 관계는 나에게 진짜 소중한 관계가 되어 나를 살린다.

그는 우리에게 행복을 가르친다

우정의 과학 2

최근 우리 사회에서 가장 문제적인 감정을 하나 꼽으라면 '상대적 박탈감'을 이야기할 수 있을 것이다. 인스타그램 등 각종 SNS가 범람하면서 사람들 사이의 비교는 더욱 쉬워졌다. 누구나 좋은 경험들을 사진으로 찍어 공유하기 시작하면서, 사람들은 타인의 삶을 더욱 가까이에서 보며 상대적 박탈감과 시기질투, 부러움을 느끼게 되었다.

개인적으로 나는 《인스타그램에는 절망이 없다》라는 책에서 이런 세태에 관해 이야기하기도 했다. 각자가 자신의 가장 화려하고 자랑하고 싶은 경험들만을 전시하는 SNS 공간이 곧 '절망이 없는' 인스타그램 공간이다. 각자의 어두운 부분은 드러내길 꺼리면서 좋은 면들만 공유되다보니 마치 나 빼고는 모두가 잘사는 것처럼 보인다. 피드에는 매일 호텔 레스토랑, 루프탑 카페, 바다가 보이는 여행지에 대한 사진들이 올라온다.

이런 시대에 친구란 내 삶을 긍정하는 데 도움이 되기보다는 내 삶을 부정하게 만드는 존재처럼 느껴지기도 한다. 어떤 친구는 휴가 때마다 해외여행을 가고, 어떤 친구는 비싼 외제 차를 몰고, 어떤 친구는 명품 백을 자랑한다. 그런 '친구들'의 조각들을 다 모으다보면 나는 결핍의 화신이 되어버린다. 마치 그 친구들의 총합인 어떤 존재의 삶이 이상적으로 존재할 것만 같다.

그런데 로빈 던바의 《프렌즈》에서는 전혀 다른 이야기를 한다. 친구의 행복이 상대적 박탈감이 아니라 우리 삶에 행복이 될 수 있다는 이야기를 하는 것이다.

"만약 어떤 사람에게 1마일 반경 내에 사는 행복한 친구가 있다면, 그 사람이 행복해질 확률은 25퍼센트 높아진다. 그리고 그 사람의 바로 옆집에 사는 이웃이 행복하다면 그 사람이 행복해질 확률은 34퍼센트 높아진다." _36쪽

생각해보면 SNS 속 존재들은 나와 가깝고 먼 관계의 사람들이 뒤섞여 있다. 그중에는 나의 오랜 죽마고우도 있을 수 있겠지만, 평생 밥 한 번 같이 먹어본 적 없는 인플루언서도 있다. 그들의 화려한 삶은 확실히 나에게 부정적인 영향을 줄 가능성이 있다. 그러나 가까운 곳에 사는 나의 진짜 친구, 혹은 근거리에서 만나는 나의 진짜 이웃이 있다면 그 존재는 나의 행복에 기여한다.

"(지역사회와 관련된) 표본조사에서 어떤 사람의 친구들이 행복했다면, 다음 표본조사에서는 그 사람도 행복해졌을 확률이 상당히 높았다." _35쪽

혼자서 SNS를 볼 때와 달리 내가 실제로 삶을 나누는 친구들의 감정은 내 삶에 '전염'의 효과를 불러일으킨다. 우리가 많은 시간 교류하며 함께하는 지역사회의 친구들이 행복하다면 내가 행복할 가능성이 상당히 높아진다. 다시 말해 멀리서 '이미지'를 통해 비교하는 휴대폰 속 존재들이 아니라, 근거리의 지역사회에서 실제로 시간과 삶을 함께하는 친구들의 구체적인 행복은 나의 행복에 직접적으로 기여한다.

생각해보면 우리는 가장 가까운 가족이 우울하면 함께 우울해지는 경험을 하곤 한다. 마찬가지로 나와 가장 자주 만나는 사람들이 자기의 기쁨과 행복에 대해 말할 줄 안다면 그에 영향 받는다. 행복의 방식에는 여러 가지가 있겠지만, 나는 특히 '자기만의 행복'을 아느냐에 초점을 맞추고 싶다.

타인들과의 비교에 따라 자기의 행복이 지나치게 좌지우지되는 사람은 주변 사람을 불행하게 할 가능성이 높다. 비교에는 끝이 없고, 우리는 그 누군가에 비해서는 반드시 열등하기 때문이다. 따라서 그러한 비교의

식에 휘둘리는 사람은 일시적인 행복감(우월감) 외에 진정한 행복에 이를 가능성은 높지 않을 것이다. 그 곁에 있는 사람 또한 그의 여러 비교의식과 피해의식에 영향받으며 함께 불행해질 가능성이 높다.

그보다는 오늘 하루 타인들과 전혀 비교할 필요 없는 자기만의 행복을 아는 사람이 있다면, 그는 그의 곁에 있는 사람도 행복하게 할 것이다. 밤마다 공원을 달리는 기쁨을 알고, 악기를 하나쯤 연주할 줄 알며, 사람들과 모여 좋아하는 시를 낭독하는 것의 행복을 아는 사람이 곁에 있다면, 그는 우리에게 행복을 가르친다. 반드시 세상에서 제일 부자가 되어야 행복한 게 아니라, 가족끼리 모여 앉아 수박을 먹고, 갯벌 나들이를 나서고, 좋아하는 노래를 함께 부르는 행복을 아는 사람 곁에서 우리는 행복을 배운다.

《프렌즈》에 따르면 옆집에 행복한 친구가 살 경우, 우리가 행복해질 확률은 무려 34퍼센트나 높아진다. 그러나 그가 온 세상과 자기를 비교하며 반드시 자신이 더 우월해져야 행복한 '비교에 사로잡힌 사람'이라면 그 때문에 우리가 행복해지긴 힘들 것이다. 그 옆에서는 우리도 같이 온갖 비교와 우월감과 열등감, 피해의식을 함께 느끼며 오히려 심층적인 불안과 결핍을 배울 것이다. 우리에게는 반드시 친구가 필요한데, 좋은 친구가, 온

전하고 온당한 행복에 대해 아는 친구가 필요하다. 그는
우리를 높은 확률로 행복하게 만든다.

타인에게 시간을 쓰는 일

우정의 과학 3

"우리가 어떤 사람에게 느끼는 친밀감은 우리가 그들에게 들이는 시간의 양과 직접적으로 연관 있다는 것이다. (…) 가장 가까운 친구의 범주에 들어가기 위해서는 상당한 기간 그 사람에게 날마다 2시간 가까이 투자해야 했다. 우정은 싼값에 얻을 수 있는 것이 아니었다." _244쪽

우정에 비법이 있을까? 우정에 관한 과학 연구에 따르면 비법이 있다고도 할 수 있고 없다고도 할 수 있다. 좋은 관계를 위한 단 하나의 방법은 서로에게 많은 시간을 쓰는 것이기 때문이다. 놀랍게도 《프렌즈》에서는 사실상 그 외에 다른 방법은 없다고 말한다. 우리가 아무리 비싼 선물을 정기적으로 보내고, 어린 시절 중요한 기억을 공유하며, 동기동창 등의 출신으로 묶여 있더라도 우정에 큰 도움은 되지 않는다.

우리는 누구나 다른 사람에게 소중한 사람이 되길 바란다. 그런데 그전에 먼저 '나에게' 소중한 사람들에 관해 생각해보면 어떨까 싶다. 나에게 소중한 사람들

이 누군지 생각해보면 근 몇 년간 나와 가장 많은 시간을 보낸 사람들이 자연스럽게 떠오를 것이다. 10년 전에 동창이었다는 이유로 오늘 그 사람을 찾아가 챙겨주고 싶은 마음은 잘 들지 않는다. 당장 내가 크리스마스에 선물을 주고 싶은 사람은 어제나 지난주에 일상적으로 만난 사람일 것이다.

나 또한 그 누군가에게 다르지 않을 것이다. 나를 가장 소중히 여기는 사람은 나랑 가장 자주 만나는 가족이나 친구, 직장 동료다. 그들은 내게 경조사가 있을 때 가장 먼저 달려와 축하하거나 위로해줄 사람들이다. 5명이건 15명이건 나와 함께 근래 시간을 가장 많이 보내는 그들이 내게 가장 소중한 사람들인 것이다.

"우정은 서로에게 시간과 노력을 충분히 들여서 관계에 기름칠을 꾸준히 해야 유지된다. 의도한 것이었든 환경의 제약 때문이었든 간에 어떤 사람을 덜 만나게 되면 그 사람과의 우정은 가차없이 약해진다." _171쪽

나는 이 책을 읽으면서 내가 해야 할 일을 알게 되었다. 그것은 내가 소중히 생각하는 사람을 만나러 가는 일이다. 당장 내일 약속을 잡고 점심이라도 한 번 더 함께 먹는 것이다. 적당히 1년에 전화 한 통 하는 것으로

우리는 인생의 소중한 사람을 만들 수 없다. 실제로 나의 시간이라는 삶에서 가장 소중한 자원을 써야 한다.

요즘은 시간을 '타인'에게 쓰기 쉽지 않은 시대다. 단순히 일이 많아져서라기보다는 세상에 소비하고 누릴 것이 너무 많기 때문이다. 누구나 다 자기 핸드폰 속에 자기가 구독하고 좋아하는 콘텐츠가 몇 개쯤 있기 마련이다. 하루 중 남는 시간은 서둘러 집에 돌아가서 침대에 누워 핸드폰 속 콘텐츠를 누려야 할 시간이다. 주말에 친구를 만나러 가려고 해도, 집 안에서 각종 OTT 속 드라마나 영화를 볼 유혹을 이겨내야 한다.

물론 그런 하나하나의 콘텐츠도 중요하겠지만 내 삶을 진짜로 지켜주는 건 내가 시간을 쓴 '나의 사람들'일 수 있다. 관계는 강물에 떠내려가는 나뭇잎과 같아서 우리가 우리의 시간이라는 채로 나뭇잎을 잡아두지 않으면 우리는 금방 소중한 사람들을 잃을 수도 있다.

"사람들이 이사를 해서 자주 만날 기회가 없어지면 우정은 놀랄 만큼 빠르게 옅어진다. (…) 3년 만에 아주 친했던 사이가 그냥 아는 사이로 전락했다는 이야기다." _167쪽

우리는 흔히 사회적인 성공과 경력이 중요하다는 이유로 가까운 사람들을 소홀히 하는 우를 범한다. 특히

가족 같은 경우에는 가족이라는 이유만으로 거기에 그대로 있어줄 거라고 생각하며, 관계 자체를 '목적'으로 대하지 않는 경우가 많다. 그러나 우리 사회의 이혼율 등이 보여주듯 관계는 방치하면 영원히 그곳에 있는 게 아니라 망가지고 떠나가고 사라진다. 삶에서 가장 중요할 수 있는 '관계'에 우리는 마음과 시간을 써야 한다. 그것이 우리 삶을 더 삶다운 삶으로 만든다.

누군가를 나에게 소중한 사람으로 만들려면 시간을 써야 한다. 이는 익히 수많은 사람들의 절절한 공감을 얻은 '어린 왕자와 여우'의 이야기에서부터, 털 손질하는 시간으로 친밀감을 높이는 영장류의 본능, 최근의 우정에 관한 심리학 연구에 이르기까지 거의 의심의 여지 없는 사실이다. 시간을 쓰지 않으면 누구도 내게 소중한 사람이 될 수 없다.

문제는 우리가 누군가에게 시간을 쓰려면 너무 많은 의지가 필요하게 됐다는 점이다. 그 누군가를 나에게 소중한 사람으로 만들고자 한다면 보고 싶은 넷플릭스 시리즈와 매일 업데이트되는 유튜브와 거의 생화학적 시스템으로 나를 끌어당기는 쇼츠와 릴스를 넘어서 그를 만나러 가야 한다. 밀린 시리즈를 정주행하고 누워서 보내야 할 주말을 뒤로한 채 그 누군가를 만나러 떠나야 한다.

만약 그러지 않는다면 누구도 우리에게 소중한 사람이 되지 못한다. 어플로 100명의 소개팅 상대를 골라내어 만나보더라도 그들이 나에게 소중한 사람이 되긴 어렵다. 누가 되었든 그와 적어도 몇십 시간쯤은 함께 보내야 그가 나에게 소중한 사람이 될 여지라도 생긴다. 《프렌즈》에 소개된 한 연구는 그냥 아는 사람에서 '가벼운 친구'라도 되려면 45시간 정도는 함께 보내야 한다는 점을 지적한다. 유의미한 친구가 되려면 100시간쯤은 함께 보내야 한다. 그러지 않으면 좀처럼 우리는 소중한 사람을 갖지 못한다.

여기에서 핵심은 그 누군가가 나를 소중하게 생각하느냐가 아니다. 즉 내가 그 누군가에게 소중할 만큼 매력 있거나, 좋은 사람이거나, 권력 같은 게 있느냐 없느냐의 문제가 아니다. 오히려 그가 누구든 그 사람이 '나에게' 소중해질 수 있느냐 없느냐의 문제다. 내가 그 누군가를 소중히 여길 수 있으려면 시간을 쓰는 방법밖에는 없다.

그러나 우리가 한겨울 수분이 메말라가는 나뭇가지처럼 잃고 있는 건, 바로 그 누군가를 소중히 여길 수 있는 능력일지도 모른다. 우리는 그 누군가에게 충분한 시간을 써서 그를 소중히 여길 수 있는 능력을 점점 잃어가고 있는 것이다. 마치 온 사회와 문화가 그것을 적

그러나 우리가 한겨울 수분이 메말라가는
나뭇가지처럼 잃고 있는 건, 바로 그 누군가를
소중히 여길 수 있는 능력일지도 모른다.

극적으로 막고 있는 것처럼도 보인다. 타인에게 시간을 쓸 시간에 자기계발을 하라, 코인 투자를 하라, 평생 다 봐도 볼 수 없는 온갖 영상들에 빠져라, 그렇게 말이다.

나는 이것이 매우 의식적으로 접근해야 할 문제라고 느낀다. 흐르는 대로 그냥 살면, 나는 타인을 소중히 여길 수 있는 가능성에 스스로 닫혀버릴 수 있다. 그냥 돈 벌고, 소비하고, 누워서 먹는 당분과 누워서 보는 콘텐츠에 중독되고, '서로를 소중히 여길 수 있는 인간의 세계'로부터 차단된다. 그러나 인간은 그러라고 태어난 것이 아닐 것이다. 서로 사랑하고, 유대관계를 맺고, 지지하고 의존하며, 서로에게 절절해지라고 태어난 쪽에 가까울 것이다.

내가 시간을 쓰고 싶은 사람들에게 시간을 쓰는 일에 결단이 필요하다. 애써 그를 만나러 가야 한다. 폭풍을 뚫고 골짜기를 넘듯이 그를 찾아 떠나야 한다. 그를 만나 악수를 하고, 포옹을 하고, 어깨를 두들기고, 만나서 반갑다며 웃고, 이야기에 빠져들어야 한다. 늦기 전에 연락하고, 찾아가자. 누군가는 나이가 들면 친구 같은 건 필요 없다는 걸 알게 된다고 말하기도 한다. 그러나 오히려 나이가 들고 나면 남는 건 사랑과 우정뿐일 수도 있다. 다른 것들이 오히려 허상에 가까웠음을 느끼는 순간이 올 수도 있다.

나의 인터뷰는

내가 쓰는 모든 글 중에 가장 어렵게 쓰는 건 인터뷰 에세이이다. 가성비로 따지면 가장 가성비가 안 좋은 일이기도 하다. 인터뷰를 쓴다고 해서 딱히 원고료 주는 사람도 없고 대단한 부가가치가 생산되는 것도 아니다. 그럼에도 가장 심혈을 기울이고, 쓰는 데 가장 오래 걸리기도 한다. 타인의 이야기를 쓰는 일은 언제나 더 조심스럽고 섬세함을 요구한다.

어렵고 힘들고 시간도 많이 들고 돈도 안 되는 일을 왜 하냐고 할 수 있지만, 삶에서 꼭 쉽고 시간도 덜 들고 돈도 많이 버는 일만 해야 하는 건 아니다. 오히려 돈 안 되고 어렵고 시간이 많이 들어도 삶에는 그 나름의 가치가 있는 일들이 있기 마련이다. 어쩌면 열심히 돈 벌며 사는 것도 다 그런 일들을 하기 위해서라는 생각도 든다. 내가 생각하는 가치 있는 일을 할 만큼의 시간을 쓰고 싶기 때문에 말이다.

인터뷰를 하며 타인의 인생을 들여다보고 경청하는 일 자체가 주는 깊은 의미가 있다. 대개 우리는 남의 인생사를 그렇게까지 귀 기울여 들을 일이 없다. 다들 자기 인생 살기 바쁘고, 자기 할 말 하기 바쁘고, 자기 전시하고 자기 잘난 거 자랑하기 바쁘다. 남들의 인생을 들여다볼 일이 있다 할지라도 대개는 인플루언서 같은 사람들을 구경하며 평가하고 욕하면서 즐기려는 것일 뿐, 진지하게 그 사람의 삶과 마음을 들어보는 일은 드물다. 심지어 가족의 이야기조차 오래 듣기 힘들어한다.

그럼에도 어떻게든 시간을 내어, 굳이 찾아가서, 그 사람의 삶과 마음을 들어보겠다고 작정하면 그보다 깊은 삶의 배움이 없는 것 같다. 여러 가지 면에서 타인을 거울처럼 하여 배우는 것도 있고, 내가 맹목적으로 좇던 삶의 시야에서 벗어나 시야가 넓어지는 경험도 한다. 특히 나는 나보다 인생을 앞서 살아간 사람들의 이야기를 들으러 다닌다. 사랑이든 육아든 일이든 모든 면에서 나보다 긴 세월을 걸어간 사람들로부터는 확실히 배울 게 있다.

살아가면서 내가 얼마나 잘났는지에만 몰두하고, 내가 얼마나 잘났는지만을 자랑하는 데 젖 먹던 힘까지 다 바치고, 내가 개미 발톱만큼이라도 더 잘나기 위해 애쓰며, 그런 나의 잘남을 남들한테 조금이라도 더 알리고 싶어 환장하면서 사는 것이 꼭 좋은 삶은 아니다. 물론 '잘남'을 추구하는 게 나쁜 일은 아니고, 여러 성취와

드러냄도 인간의 본성에 따른 중요한 일이지만 거기에만 갇혀서는 알 수 없는 것도 있다. 오히려 타인의 빛남에 한 방울 더 기여해보고, 타인의 빛남을 이해해보고, 타인의 빛을 따라가보는 게 더 중요한 순간들도 있다.

나의 인터뷰는 내 앞에 있는 타인의 마음속에서 빛을 찾아내어 그 빛이 가장 투명하게 빛날 수 있도록 유리 세공하는 일처럼 느껴지곤 한다. 그럴 때 나는 삶에 관해 진정으로 배운다. 인터뷰할 때만큼 나는 어떻게 살아야 하는가, 어떻게 살아왔나에 대해 진정성 있게 고민하는 순간이 없다. 나는 삶에서 이런 시간들을 더 많이 가지려 한다.

삶에서의 관심을 '타인이 볼 때 내가 얼마나 잘나 보이는가'에서 '내가 볼 때 타인에게 얼마나 배울 점이 있는가'로 전환하는 과정은 꽤나 중요한 것 같다. 그러다 보면 삶이라는 게 누구 하나만 특별한 게 아니라 그저 서로 부족하고도 배울 점 있는 사람들이 부대끼고 의지하고 바라보며 뒤엉켜 살아가는 무언가임을 알게 된다. 그런 관계성을 사랑하며 살아가는 것이지, 그 바깥에서 따로 빛나는 기념탑을 만드는 데 몰두하는 일은 아닌 것이다.

여기 그렇게 유리 세공하듯 담아낸 글들을 남긴다. 그들을 찾아 나서 인터뷰하는 일은 내게 가장 중요

한 관계 맺기 중 하나였으며, 관계를 배우는 일이기도
했다.

인터뷰

타인이라는 깊이

김범준

'우아한형제들' 전 CEO의
변화를 이끄는 마음

"《슬램덩크》에서 묘하게 마음이 가는 캐릭터가
김수겸이에요."

    그는 만화에서 선수 겸 감독 역할을 하는 김수겸
이라는 캐릭터가 묘하게 좋았다고 했다. 김수겸은 만화
《슬램덩크》에서 감독 자리가 비어 있는 상양고 농구팀
의 주장으로 나온다. 다른 농구팀에는 모두 쟁쟁하고 노
련한 감독들이 나오지만, 상양고는 소년가장 같은 3학년
김수겸이 홀로 이끈다. 그래서인지 유달리 선수들 간의
우애도 두텁고, 만화를 보는 내내 '짠한' 느낌이 들게 하
는 팀이다.
    '우아한형제들'의 김범준 전 CEO를 만난 저녁, 이
야기는 예상치 못하게 흘러갔다. 《슬램덩크》의 김수겸
이야기가 나온 건 그가 교수가 되겠다는 꿈을 품고 입학
했던 대학원을 뒤로하고 나온 이유를 말하면서였다. 그
는 자신이 삶에서 가장 좋아하는 일이 다른 누군가와 '함
께' 무언가를 만드는 일이라는 걸 깨달았다고 했다. 그러
면서 자신이 보면서 유난히 눈물을 잘 흘리는 영화 장르
가 스포츠 영화라고 했다. 함께하는 사람들의 몰입이야
말로 그의 마음에 적중하는 이야기였다.
    김범준 대표를 잘 안다고 할 수는 없었던 나는 대
기업 CEO란 어떤 이야기를 들려줄지 몰라 막연한 기대

만을 하고 있었다. 어쩌면 흔히 드라마나 영화에서 본 치열한 투쟁에 휩싸인 회장이나 기업가의 이미지를 무의식적으로 생각했을지도 모른다. 그러나 그가 들려준 이야기들은 나의 무의식과는 다소 달랐다. 그는 이노우에 다케히코의 만화《슬램덩크》와 고레에다 히로카즈의 영화〈원더풀 라이프〉, 대학 시절 친구들과 나갔던 축구 대회와 중학생 때 좋아했던 '삼국지 2' 같은 게임 이야기를 들려주었다. 주변 사람들과도 좀처럼 드물게 나누는 만화와 영화, 게임에 대한 '추억 소환'이 펼쳐지자 갑자기 다른 공간에 와 있는 듯한 느낌도 들었다.

나를 성장시키고 싶었던 마음

"제 나이 스물셋, 아버지가 일찍 돌아가셨어요. 아버지에 대해 다양한 기억이 있지만, 하나 아쉬웠던 건 아버지가 가정의 울타리 같지는 않으셨다는 점이었어요. 그로부터 몇 년 뒤, 당시에도 이른 나이였던 20대 중반에 결혼을 결심하면서 저는 단단하고 믿음직한 사람이 되고 싶다고 생각했어요. 성장하고 싶었죠."

그에게서 처음 '성장'이라는 단어가 나온 순간이었다. 성장은 그에게 단순한 능력주의적 욕심과는 다른 의미를 지닌 단어처럼 느껴졌다. 농구로 비유하자면 세계 최고의 선수가 되겠다는 마음보다는 자신의 팀을 지켜주는 울타리 같은 존재가 되고 싶다는 말로 들렸다. 그는 《슬램덩크》에서 김수겸 캐릭터도 좋지만 가장 좋아하는 캐릭터는 윤대협이라고 했는데, 두 캐릭터는 모두 자신이 돋보이는 것보다는 팀을 더 생각하는 캐릭터이기도 하다.

청소년기 때부터 대학 시절까지 그는 국제정보올림피아드를 비롯하여 세계 대회에서도 여러 차례 상을 받았다고 했다. 그러다보니 자신도 올림피아드를 이끄는 교수님들처럼 멋진 존재가 되고 싶은 마음도 있었다고 했다. 그러나 막상 대학원에 가보니 학문보다는 사람들의 실생활에 '변화'를 주는 프로그래밍을 하는 것을 더 좋아한다는 걸 깨달았다.

"무엇이든 팀으로 하는 것을 좋아한다는 사실을 깨달은 것도 그때였죠. 대학원에서도 선후배끼리 돕긴 하지만, 한 팀이라 느끼긴 힘들었어요. 그러다 사회에 나왔고, 사실은 내가 모르는 게 너무나도 많다는 걸 배웠고, 팀으로 일하는 것의 기쁨을 더 깊이 경험하기 시작했어요."

두 번째 회사에 입사한 뒤 그는 정말 즐거웠다고 했다. 가장 좋은 건 그의 팀을 만들어나가는 경험이었다. 처음에는 막내로 들어간 회사였지만 어느덧 팀장이 되었다. 그는 자주 "우리 팀이 월드 베스트라고 생각해"라고 말했다고 한다. 나는 그 마음이 무척이나 부러웠다. 나도 종종 진정으로 함께 하나의 목표를 추구하는 동료가 있길 바랄 때가 있다. 그가 스포츠를 보고 운다고 하는 그 마음을 이해할 때가 있다. 이를테면 함께 항해를 떠나는 해적 만화 《원피스》 속 동료들이 참으로 부럽곤 한다.

"고레에다 히로카즈의 영화 〈원더풀 라이프〉는
죽은 사람들에게 인생에서 가장 소중했던 기억 하나를
고르게 하고, 그것을 영화로 만들어주는 이야기예요.
저는 대학 때 교내 축구 대회에서 저의 고등학교
동문 팀이 우승했던 기억을 고를 수도 있겠다고 종종
생각해요. 결승전에서 1대0으로 지다가 제가 동점
골을 넣고 결국 승부차기로 이겼는데, 같은 팀을 이루어
함께 몰입하던 그 기쁨을 잊을 수가 없어요."

그의 성장은 기쁨으로 이어졌다. 그는 애초에 가족의 울타리가 되고자 하는 마음으로 '성장'의 길로 들어섰지만, 그 길의 끝에는 '함께하는 기쁨'이 있었다. 사실

그 두 가지 마음은 모두 이어져 있다. 자기의 책임을 다하고자 하는 마음, 그 누군가를 책임지고자 하는 마음, 함께하는 마음에 책임을 이어가고자 하는 것이 그의 마음이었다. 그의 기쁨은 혼자서 승리하는 기쁨이 아니라, 소년가장이 자신의 팀을 이끌고 결국 이기든 지든 그 경기를 온 마음으로 다해내는 순간에 있는 기쁨이었다.

나를 소중히 여기는 것이
가장 중요한 마음

"얼마 전 최인아 대표님이 쓴 《내가 가진 것을 세상이 원하게 하라》라는 책을 읽으면서 정말 많이 공감했어요. 책에 보면 회사에서 그냥 '받은 만큼만 일하자'라는 태도에 대해 저자가 다소 다르게 생각한다는 부분이 나와요. 회사에서 보내는 시간도 소중한 나의 시간인데, 내가 어떻게 하면 그 시간을 가장 값지게 쓸까 고민하는 게 진정 더 자신을 사랑하는 일이라는 취지의 이야기였던 걸로 기억해요. 여기에 굉장히 공감했어요."

김범준 대표는 대학원을 나와 첫 직장에서 '실전 프로그래밍'을 톡톡히 경험했고, 이후 몇몇 회사와 창업 등을 거치면서도 계속 스스로에게 질문했다고 한다. 그 질문은 '나 자신에게 무엇이 가장 소중한가' 하는 질문이었다. 그 질문에 대한 대답은 다름 아닌 나의 시간이었다. 그는 오로지 월급 때문에만 회사를 다니는 것은 그의 시간을 소중히 쓰지 않는 것이라 믿었다.

그래서 어떤 곳에 있든 그곳에서 배울 수 있는 것을 최선을 다해 배우고, 그곳에서 자신이 할 수 있는 일, 즉 자기가 변화를 일으킬 수 있는 일들을 물색했다. 그런 성실한 태도는 존경할 수밖에 없다는 생각이 든다. '최선을 다하지 마', '너무 열심히 살지 마'라는 말이 유행처럼 번지기도 하지만, 정작 그런 말을 하는 지위에 있는 사람들은 최선을 다해 살아온 사람들일 것이다.

> "제가 우아한형제들의 CEO직을 더 이상 연임하지 않고 그만두기로 한 것은 건강상의 이유와 함께, 내가 '더 이상' 경험하거나 만들 수 있는 변화에 한계가 있다는 느낌 때문이었어요. 이곳에서 총 7년 반을 일했는데 그러면서 많이 배웠고, 늘 새로운 경험이 있었고, 재미가 있었어요. CEO로 있는 동안 많은 변화와 성장도 있었고요. 서로 간의 호칭 체계를 '님'으로 바꾸는 등 제가 생각하는 '바람직한 방향'으로의 변화도 이끌었죠. 그런데 앞으로 또 몇 년을 여기서 더 있을 때 지난 시간의 밀도만큼 경험하거나 변화할 수 있을까, 라는

질문에 물음표가 생겼고, 일단 자리에서 물러난 후
건강을 챙기면서 다음 일을 생각해보기로 한 거죠."

그는 그의 마음에 따라 사는 사람이었다. 나는 그
런 사람이 존재한다는 사실이 고마웠다. 왜냐하면 우리
네 삶이란 대개 마음을 포기하는 과정이기도 하기 때문
이다. 현실과 의무 때문에 수많은 사람들이 마음을 포기
하며 살아간다. 때로는 자진하여 스스로의 마음을 죽이
고 타인들의 마음을 따라 살기도 한다. '타자의 욕망'을
욕망하며 그저 돈과 소비를 따라 살아가기도 한다. 그러
나 그는 무엇보다 마음을 잊지 않는 사람 같아 보였다.

"제가 제일 싫어하는 건 더 이상 제가 할 수 있는 게
없는 환경이에요. 제가 바꿀 수 있는 게 아무것도
없을 때 저는 그곳에서 벗어나고 싶어져요. 내 삶을
내가 주도하고 싶고, 그래서 대학 때부터 본가로부터
독립적인 기숙사 생활을 택한 것도 있었어요."

그에게 '삶을 주도하는 일'과 '자기 삶을 사랑하는
것'과 '자기 시간을 소중히 하는 것'은 모두 같은 일인데,
동시에 그것은 '변화를 이끄는 마음'이라는 게 매우 특별
하게 느껴졌다. 생각해보면 나 또한 변화를 주도할 수 있

을 때 스스로 더 가치 있고 살아 있는 것처럼 느껴지고, 그 시간이 더 소중한 시간으로 기억되는 것 같다. 가령 아이의 그림책을 함께 만들기로 결심한 순간, 그것은 같이 보내는 시간의 변화이자 창조이고 설렘이며 새로운 기억의 탄생이다.

> "저는 팀을 너무나 좋아하고, 팀이 변화하는 게 가장
> 즐거워요. 팀이 공동의 목표에 빠져드는 몰입감이
> 참 좋아요. 다만 진두지휘하기보다는 재즈 밴드의
> 리더처럼 각자 연주를 할 때 그 변화를 '살짝 이끌면서'
> 모두가 더 몰입하게 하는 그런 역할이 제가 제일
> 좋아하는 역할이죠. 그래서 CEO로 있는 동안 모두
> 함께 변화를 이끌어가는 주체가 되자고 강조하기도
> 했어요. '여러분들이 합쳐서 변화를 이끌어주세요'
> 라고 말이죠."

김범준 대표는 한창 팀으로 느끼는 설렘과 즐거움에 대해 이야기하다가 마지막쯤에 이르러서는 혼자 있는 즐거움에 대해 이야기했다. 혼자 숙소를 빌려서 가만히 있다가 나오는 것도 좋아하는 등 혼자인 시간도 좋아한다는 것이다.

아마 누구든 각자 삶의 중심이 되는 마음 하나쯤

은 꿈을 수 있을지라도, 결국 여러 마음들을 갖고 살아가는 게 진실이라는 생각이 들었다. 나는 그의 그런 균형감각이 좋았다. 무엇보다 나는 의무적으로 하고 있는 일 이외에 진정으로 내 마음을 따라 내 시간을 쓰고 있는지 생각해보게 되었다. 하나 확실한 것은, 그와 인터뷰했던 그 시간만큼은 내 마음을 따라 쓴 시간이었다는 점이다. 그러니까 나 또한 이렇게 삶을 변화시켜나가는 순간들의 소중함을 조금은 알 것 같았다.

최인아

'최인아책방' 대표의
타인의 얼굴을 들여다보는 마음

언젠가 최인아 대표는 직장을 그만두고 책방을 연 소회에 대해 내게 말한 적이 있다. 대략 이런 이야기였던 것으로 기억한다. "직장을 그만두고, 다들 정신없는 오후 시간에 혼자 카페에 나가서 테라스에 앉아 커피를 마셨던 적이 있어요. 그때의 기분을 잊을 수가 없죠. 이렇게 평일 오후에도 푸른 하늘이 있었구나, 그동안 나는 하늘 안 보고 뭐 했나, 그런 생각이 들었어요." 아마 직장인이라면 누구나 그 순간 '아!' 하는 탄식을 낼 수밖에 없을 듯하다. 나도 그랬다.

최인아책방과의 인연은 내가 쓴 책《우리는 글쓰기를 너무 심각하게 생각하지》북토크를 하면서 시작되어, 이후 글쓰기 수업와 여러 번의 북토크를 하며 이어졌다. 공교롭게도 내가 오래 다닌 직장의 바로 옆에 최인아책방이 있기도 했다. 그러면서 어느덧 그곳은 내게 어느 시절 지구에서 가장 익숙한 책방이 되었다. 그 밖에도 부지런히 직장도 다니고 육아도 하며 살아가는 날들이 흘렀다. 그리고 어느 날이면 그날 들었던 최인아 대표의 말이 종종 생각났다. 회사 바깥에 테라스와 하늘이 있었다는 말. 그 말이 불러일으키는 하늘의 색깔과 테라스가 있는 세계를 상상했다. 그런 세계가 어딘가에 있을 것만 같았다. 어쩐지 그런 상상에 위안을 받았다.

불쑥 최인아 대표에게 "혹시 인터뷰해주실 수 있

을까요"라고 물었던 것도 어쩌면 그 상상 때문이었다. 나는 그 상상의 정체를 알고 싶었다. 그 이야기를 듣던 저녁, 내게 슬그머니 떠올랐던 이미지, 그 이미지를 자아내던 그의 목소리, 그 목소리가 있던 책방, 그 모든 것의 정체를 알고 싶었다.

쌓은 만큼 비어갔던 어느 마음

아마도 수많은 사람들이 최인아 대표한테 같은 질문을 했을 것이다. 왜 책방을 열게 되었냐고. 삼성 계열사인 제일기획의 최초 여성 부사장까지 올랐던, 우리나라의 대표적인 커리어우먼의 삶을 버리고 왜 어느 날 갑자기 책방을 차리게 되었냐고 말이다. 최인아 대표는 이건 아주 긴 이야기일 것 같다면서 찬찬히 이야기를 시작했다.

> "변화라는 건 밖에서 볼 때는 항상 갑자기 일어난 것처럼
> 보이지만 실제로는 안 그런 것 같아요. 제 안에도 평생
> 책방을 향한 점들이 조금씩 찍히고 있었던 거죠."

그는 광고회사를 다니는 동안의 여러 방황의 순간들에 대해 이야기했다. 어떻게 보면 한 회사에서 29년

을 일하면서 부사장까지 오르고 사장 승진도 앞두고 있던 자리까지 갔으니 많은 사람들이 그 올곧은 열정을 떠올릴 법하다. 다들 이직이니 퇴사니 고민하지만 저 사람만큼은 일찍부터 정확하게 자기 길을 알고 치열하게도 잘 살아가는구나, 그렇게 생각했을지도 모른다. 그러나 정작 최인아 대표 마음은 그렇지 않았다고 했다.

> "광고를 두고 방황한 세월이 길었어요. 처음부터
> 광고를 하고 싶었던 건 아니었거든요. 어릴 적부터
> 내 생각을 쓰거나 말하는 일을 할 것 같은 예감,
> 이를테면 작가나 기자 같은 존재가 될 것 같다는
> 느낌은 있었어요. 그러나 그게 '카피라이터'라고
> 생각했던 적은 없었죠. 그래서였는지 회사에 입사하고
> 나서도 한동안은 주경야독으로 밤에 언론고시
> 공부를 해서 기자 시험을 치러 다니기도 했어요."

그러나 막상 일을 하다보니 그 나름의 재미를 알아가기도 했다. 자신의 아이디어와 콘셉트를 만들어내고, 능력을 인정받고, 자신이 광고한 제품이 시장에서 뜨거운 반응을 불러올 때면 그도 성취감과 기쁨을 느꼈다. 일에는 그 나름의 작동 방식이 있다. 애쓰고 성취하고 잘되면서 얻는 자연스러운 기쁨, 마치 선사시대 때부터 내

려져왔을, 땅에 심은 씨앗이 탐스러운 열매를 맺을 때 얻는 그런 기쁨이 인간의 깊은 마음에는 새겨져 있다. 그도 일에서 바로 그런 기쁨을 얻었고, 일하는 존재로 한 시절을 애쓰며 살아냈다.

> "하지만 회사에 있던 29년의 절반 정도는 마음에 사표를 품고 살았어요. 항상 의문은 내가 하는 일의 '의미'였어요. 나는 의미를 찾는 인간인데, 이 일은 무슨 의미가 있는가. 세상 모든 일에는 의미가 있기 마련이다. 나의 일에 있는 의미는 도대체 무엇인가. 그 고민을 놓을 수 없었어요. 이를테면, 작가가 책을 쓴다면 저마다 의미랄 게 있잖아요. 사회 비판이든, 좋은 삶에 대한 전파든 말이죠. 그런데 작가가 책을 쓰는 게 오로지 베스트셀러를 만드는 것, 그러니까 많이 파는 것만이 목적이라면 의미가 결여된 것이겠죠. 그런데 제가 하는 일의 목적은 어떻게 보면 오로지 많이 파는 것이었거든요."

물론 세상에 의미가 없는 일이란 없을 것이다. 최인아 대표 또한 광고, 즉 브랜딩이나 마케팅 등의 여러 의미에 대해서 생각하곤 했다. 그러나 내가 듣기에, 그는 그보다 더 '깊은' 의미 혹은 더 '진정한' 의미에 대해 고민했다. 세상 모든 일은 가치 있겠지만 사람마다 '더' 가치 있다고 느끼는 것은 다르다. 세상에는 다양한 의미가 있겠지만 저마다 '더' 의미 있는 무언가가 있다. 최인아 대표에게 그것은 광고가 아닌 다른 데 있었던 것 같았다.

타인의 얼굴을 들여다보는 마음

최인아 대표는 책방을 하면서 '가장 좋은' 순간에 대해 이야기했다. 그 순간은 뭐랄까, 나로서는 짐작하지 못했던 것이었다. 대개 책방을 하면서 얻는 기쁨을 물으면 책에 대한 오랜 사랑, 자기만의 공간을 갖는 즐거움, 고요하게 보내는 오후 시간에 대해 말할 것만 같았다. 그러나 최인아 대표는 '타인의 얼굴'에 대해 이야기했다.

> "어느 순간, 책방을 들어올 때의 사람들 얼굴과 나갈 때의 얼굴이 다르다는 걸 알게 됐어요. 책방에 들어와 몇 시간쯤 머물다 나가는 사람이나, 북토크에 참여한 후에 나가는 사람의 얼굴이 달랐던 거죠. 때론 한결 평온해 보이기도 하고, 찡그렸던 얼굴이 펴지기도 하고, 기쁨에 발갛게 상기되어 있기도 했어요. 그제야 책방을 하는 진짜 의미를 알게 됐죠."

최인아 대표는 어릴 적부터 책을 좋아하기도 했고, 동업자 역시 마찬가지여서 책방을 여는 일은 자연스러웠다고 했다. 그러나 처음부터 '책방 주인'이 되는 것의 진짜 의미를 알았던 건 아니다. 그는 책방을 운영하면서, 어느 순간 마치 신의 목소리를 듣듯이 책방의 '의미'를 알게 된 듯했다.

> "저희 책방에서는 책 만들기 클래스를 열어요.
> 처음 와서 글을 쓰고 정리하고 책을 만들고 나면 책방에
> 진열해드리고 출간 기념회도 열어드리죠. 그런데
> 놀랐던 게, 출간 기념회를 열면 말이죠, 가족들과
> 친구들이 오는데 다들 그렇게 우세요. 글을 쓰고 책을
> 낸다는 게 무엇인지, 그렇게 우시더라고요. 그때도
> 그 사람들의 얼굴을 보면서 내가 의미 있는 일을 하고
> 있구나, 그렇게 생각했어요."

삶의 의미든 일의 의미든 그것은 미리 주어져 있는 건 아니다. 어떤 일의 의미는 그것을 만나기 전까지는 거기 있다는 걸 알 수 없다. 나는 최인아 대표의 이야기를 들으면서 삶에서 의미를 찾는 일에 대해 생각했다. 그는 광고회사에서 의미를 찾기 어려워 방황했지만, 나중에는 그 나름의 의미를 조금씩 찾았다고 했다. 이를테면

공동체나 기업체에 창의적인 해법을 내놓는 일의 가치라든지, 나중에 임원이 되었을 때 후배들을 응원하고 도우면서 전에 없던 의미를 느끼기도 했다. 다른 이들에게 쓰이면서 기쁨을 느낀 경험이 책방으로 이어졌고, 책방에 오는 사람들의 얼굴을 들여다보면서 그는 더 의미에 다가갔다.

> "내가 잘하고, 내가 칭찬받고, 내가 인정받는 데서
> 삶의 이유를 느꼈던 때가 있었어요. 그런데 철이
> 들어서인지 이제는 내가 한 어떤 일로 인해 사람들이
> 바뀌는 얼굴 표정을 보는 게 더 즐거워요. 제가
> 책방 하기를 잘했다는 걸 확신하는 순간이에요."

마음을 이어가는 여정

최인아 대표는 자신의 묘비명을 미리 정해두었다고 했다. '때론 실패하고 때론 성공하면서 평생 애쓰다 가다.' 그는 '애씀'을 유독 강조했다. 자신의 평생은 애썼던 삶이었고, 그것으로 족하다는 것이었다. 그 애씀이란 단순히 열심히 사는 것만은 아니고 하늘에 날개를 두고 내려온 천사가 지상에서 자신의 쓰임을 찾듯, 그렇게 자기의 자리를 찾고, 자기가 무엇을 잘할 수 있는지 알아

가고, 나아가 그로 인해 타인들의 얼굴을 어떻게 바꿀 수 있을지 배워가면서 결국 삶의 의미를 얻는 그런 여정을 함축하는 단어처럼 들린다.

얼마 전 최인아 대표는 《내가 가진 것을 세상이 원하게 하라》라는 책을 출간했다. 어쩌면 그의 삶에 참으로 어울리는 책 제목이 아닌가 생각했다. 그저 세상에 맞추기만 하지 말고, 내가 가진 것이 무엇인지 찾고자 애쓰고, 내가 무엇을 잘할 수 있는지, 나의 쓰임이 무엇인지 치열하게 알아가고자 애쓰다보면 세상이 나를 원하는 '지점'을 알게 될 것이다.

그때의 '세상'이란 꼭 '세상 전체'가 아니어도 좋을 것이다. 때론 내가 운영하는 책방에 오는 손님 한 명이 세상일 수도 있다. 때론 나의 아이디어에 탄복하는 거래처 사람이 세상일 수도 있다. 때론 어느 날 나의 책 한 권을 집어든 그 누군가의 마음이 곧 세상일 수도 있다. 우리는 어쩌면 그 자리마다 존재하고 살아 있는 것이다. 그 지점마다 삶의 의미를 만나고 있는 것이다.

인터뷰가 끝나고 집으로 돌아오는 길, 나는 최인아 대표에게 들었던 그 이야기를 다시 떠올렸다. 파란 하늘이 있고 테라스가 있는 카페라는 자리. 그 자리는 우리가 매일 출퇴근하며 지나치지만 언제나 거기 있었을 것이다. 그러다 어느 순간 장막을 걷어내듯 그 자리를 만나게 되는 날이 누구에게나 올지도 모른다. 단, 애쓰는 마음을 유지한다면 말이다. 삶의 의미, 나의 자리, 내 삶의 쓰임을 알고자 애쓰는 사람에게는 어느 날 거짓말처럼 그의 자리를 알게 되는 날이 올지도 모른다.

김민섭

작가의 축제를 여는 마음

김민섭 작가를 떠올리면 가장 먼저 생각나는 장면이 있다. 어쩌면 많은 사람들에게 별로 알려지지 않은 모습일지도 모른다. 편안한 복장에 배낭을 메고 야구장으로 향하기 위해 버스를 기다리는 뒷모습이다. 부산의 청명했던 어느 날, 그와 가볍게 점심을 함께 먹고 나서 어디로 가냐는 질문에 그는 대답했다. "창원의 야구장에 가요." 그러면서 그는 자기의 소망을 하나 말했다. "언젠가 전국의 야구장에 대해 쓰고 싶은 꿈이 있어요."

　　그는 마음이 참으로 바쁜 나날들을 보내고 있다고 했다. 개인적인 사고나 어려움도 있었고, tvN의 〈유퀴즈 온 더 블록〉 출연 이후 강연이 많아져 바빠진 것도 있었다. 그러나 그 와중에도 그는 작은 꿈 같은 것을 꾸고 있다고 했다. 그 꿈은 바닷가에 서점을 여는 것이었다(이 책이 출간되는 시점에 그 꿈의 서점은 '당신의 강릉'이라는 이름으로 이미 운영 중이다). 나는 그 이야기를 흥미롭게 들었다. 김민섭다운 꿈이구나, 생각했다. 그렇게 우리는 이야기를 더 이어갔다. 그런데 어느 시점에 마음에 전율이 이는 순간이 있었다. 나는 이것이야말로 그의 마음이라고 생각했다. 그가 활짝 웃으면서 가장 즐겁게 이야기하던 순간이었다.

　　그것은 야구에 대해 말하는 순간이었다. 그가 야구를 얼마나 사랑하는지, 여전히 얼마나 즐겁게 야구장을 찾아다니는지에 대한 이야기였다. 그는 야구가 좋은 이유 중 하나로 끝나는 시간을 알 수 없다는 점을 꼽았다. 정해진 시간 없이, 별들이 빛나는 밤을 새워도 이어지는 그 무한함이 좋다고 했다. 그 이야기를 할 때 그의 표정에서 느껴지는 설렘, 말투에서 느껴지는 들뜸이 내게도 전염되는 듯했다. 그는 야구의 끝없음을 사랑했다. 내가 왜 김민섭을 떠올리면 야구장으로 향하는 그의 뒷모습이 생각나는지 알 것 같았다. 끝이 없을 그 여정, 야구장으로 향하는 그의 여행이 내게 삶에 대한 어떤 기대감을 불러일으켰기 때문이었는지도 모른다.

야구장에 가는 마음

김민섭 작가는 야구장에 가는 일이 가장 즐거운 일 중 하나이고, 평생 야구장에 가고 싶다고 이야기한다. 그런데 정작 야구장에 가기 시작한 건 그리 오래되진 않았다. 30대 중후반이 되어서야 야구장을 좋아했다고 하니 그 사정이 더 궁금해졌다. 사실 그는 어릴 적 야구 선수가 되고 싶었다고 했다. 그런 마음은 꽤 오랫동안 이어져서 중고등학생 때까지도 야구를 정말 좋아했다고 한다. 그때까지도 야구 선수가 될 수 있을지도 모른다는 마음을 완전히 버리진 않았다고 했다. 그러나 대학생이 되면서 이제 야구 선수라는 꿈은 포기해야 하는 것이 되었고, 야구를 보는 것만으로도 마음이 아팠다고 했다. 야구장에 앉아 있으면, 선수가 되지 못하고 관중석에만 앉아 있어야 하는 그 마음이 슬퍼 야구장에 가지 않았던 것이다.

"그래서 20대 이후로는 야구장에 가지 않았는데 우연히 10년 만에 야구장에 갔던 적이 있어요. 그때가 서른여섯인가 일곱 때였거든요. 그런데 제가 그날 강연이 늦게 끝나서 거의 밤이 다 되어서 야구장에 갔는데, 아직까지 야구를 하고 있는 거예요. 연장전 12회 말까지 이어졌는데, 그때 대타로 나온 선수 이름이 김민섭이었어요. 속으로 생각했죠. 저 선수가 끝내기 안타를 치면 앞으로 이 팀을 응원할 거라고. 그런데 정말 그런 일이 일어났어요. 그때부터 그 팀의 팬이 됐죠."

그가 다시 야구를 좋아하게 된 계기는 신비로울 정도로 동화적이다. 그는 그날 더 이상 야구가 자신을 슬프게 하지 않는 걸 깨달았다고 했다. 어쩌면 그에게 야구란 잃어버린 꿈이 주는 아픔과 슬픔에 대한 두려움 같은 것이었을지도 모른다. 그러나 삶에는 두려운 것을 마주하고 나면, 두려움을 직시하고 나면, 사실은 그것이 사랑하는 것이었음을 깨닫게 되는 일들이 있다.

"이제 야구를 보면서 느꼈던 그 슬픔이 없어졌어요.
지금은 야구장에 가면 일말의 슬픔도 없이 엄청
열심히 응원해요. 친구들이 놀랄 정도로 말이죠. 엄청
흥분해서 소리 지르고 노래도 부르고 하죠. 야구장은
제가 가장 좋아하는 장소예요. 특히 저는 야구의
응원 문화를 정말 좋아합니다. 야구장에는 아홉 명의
선수가 차례로 타석에 들어오는데, 그렇게 한 사람 한
사람의 이름을 집중해서 외치면서 응원하는 스포츠는
야구밖에 없을 거예요. 모든 선수의 이름을 한 명씩
부르면서, 그 한 명에 집중하면서, 그렇게 간절하게
응원해주는 스포츠가 없는 것 같아요. 야구장에 가면
우리는 누군가를 응원할 수 있는 존재구나, 라고
느껴요."

그는 수많은 사람들이 모여 그렇게 어느 한 명을
응원하는 순간이 참으로 좋다고 했다. 그런 즐거운 개인
들이 모여서 끝을 알 수 없는 일에 몰입하는 것이 그가
생각하는 야구다. 그가 쓴 책 제목인《당신이 잘되면 좋
겠습니다》라는 문구의 의미를 이제야 정확히 알 것 같았
다(최근 이 책의 이름으로 그는 비영리재단을 세우기도 했다). 그는
당신이 잘되면 좋겠다고 말하는,그 응원의 순간에 대해,
특히 그 순간의 기쁨에 대해 말하고 있었다. 그것은 막연

한 이타성만은 아니다. 오히려 결국 끝내기 안타를 쳐내고야 마는 한 야구 선수가 거기 모인 모든 이들의 기쁨이자 승리이기도 하듯, 그것은 나를`위한, 우리 모두를 위한 일이기도 하다.

그 마음의 본질은 기쁨 혹은 즐거움이다. 나는 내가 어느 때에 가장 기쁜지 혹은 즐거운지 생각했다. 나만 잘될 때인가, 당신만 잘될 때인가, 혹은 우리가 잘될 때인가. 내가 가장 기쁜 건 나 자신만이 나를 축복할 때인가, 아니면 모두가 나를 축복하여주고, 나도 그들을 축복할 수 있어 서로 부둥켜안을 때인가. 모든 위선과 허영을 내려놓고 똑바로 이 기쁨을 응시한다고 했을 때에도 과연 거기에는 나 자신만이 있는가. 아니면 '당신'도 있는가. 나는 그가 옳다는 걸 알았다.

축제를 여는 마음

언젠가 김민섭 작가는 내게 자신의 고민을 털어놓은 적이 있다. 자신이 글을 쓰는 작가로서보다는 다른 일들로 주목받는 게 낯설고 이상하다는 것이었다. 이를테면 그는 《회색 인간》을 쓴 김동식 작가를 발굴해낸 출판기획자로서의 이력이 있다. 혹은 이제 거의 모르는 사람이 없는 '김민섭 프로젝트'로도 크게 화제가 된 적이 있다. 일본 여행을 계획했다가 갈 수 없게 된 상황에서 비행기 티켓 취소가 되지 않자, 동명이인을 찾아 그를 일본으로 보내주기로 했던 것이다(항공사 측의 이야기로는 동명이인이기만 하면 해당 티켓을 이용하는 데 문제가 없었다고 한다). 그렇게 찾은 또 다른 '청년 김민섭'이 일본으로 떠나고, 많은 사람들이 이 일을 응원했던 훈훈한 이야기가 널리 알려져 있다.

이번에 인터뷰를 하면서 다시 그 이야기를 들었는데, 그는 그에 대해 보다 명료한 마음을 가지게 된 것 같았다. 한때 그가 작가로서의 자기 자신에 대해 고민하고 있었다면, 이제는 그 고민보다 더 큰 마음을 가지게 된 듯했다. 그는 자기가 살고 싶은 삶, 자기가 지향하는 삶, 자기가 자기 자신으로서 살아가는 삶에 대해 명료히 이야기했다.

"저는 다른 사람들을 즐겁게 해주고 싶다는 걸 알게
됐어요. 그게 곧 저의 즐거움이라는 걸 알게 됐죠.
다른 사람들이 나로 인해 잘되면 좋겠고 즐거웠으면
좋겠어요. 그렇게 함께 즐거운 일을 하는 게 삶에서 가장
가치 있는 일이라는 걸 깨달았죠. 나아가 그 잘됨이
무한히 이어질 수 있다면 그보다 더 멋지고 즐거운 일이
없다고 느껴요. 마치 작은 모닥불 하나가 산 하나를

가득 채운 산불이 되는 것처럼, 그렇게 사람과 사람
사이로 통제할 수 없이 퍼져나가는 즐거움이야말로
저에게는 가장 큰 기쁨인 것 같아요."

나는 그 이야기를 듣는 순간 그의 마음을 정확하
게 정의할 수 있을 것만 같았다. 그것은 '축제를 여는 기
쁨'이 아닌가 생각했다. 혼자만의 즐거움에 몰두하는 것
이 아니라, 사람과 사람 사이에서 전염되어나가는 즐거
움으로 온 세상이 들뜨는, 끝도 없이 이어지는 축제의
밤. 그는 바로 그런 밤을 열어 보이고 싶은 게 아닐까.

"맞아요. 그런데 그 축제의 주인공이 되고 싶은 건
아니에요. 그건 너무 부담스러워요. 저는 축제를
열되, 그 시작이 되는 것은 좋지만 그다음부터는 다른
사람들이 즐거워하는 걸 더 보고 싶어요. 주인공은
양보하고, 나도 축제를 열었지만 그 축제를 즐기는
일원이 되고 싶어요."

그제야 그의 삶이 모두 하나의 실로 꿰어지는 것
같았다. 그는 이 세상에 축제가 있었으면 했다. 물론 세
상이 항상 축제일 수 없다는 걸 누구보다도 잘 알고 있는
그였다. 《나는 지방대 시간 강사다》라는 책을 출간할 때

부터 패스트푸드점 아르바이트와 대리운전 기사를 거치면서 현실의 어려움을 누구보다 잘 아는 그였다. 그런데 어쩌면 그렇기에, 그는 더 이 세상에 한 줌의 축제를 남기고 싶은 것일지도 모른다. 아직도 축제가 가능함을 믿고, 축제를 열고자 하는 것일지도 모른다. 마치 손에 닿는 것을 황금으로 바꾸는 마이더스의 손처럼, 자신의 손이 닿는 곳을 작은 축제들로 만들고자 꿈꾸는 것일지도 모른다.

이어지는 축제 속에서

일전의 김동식 작가 발굴에서부터 김민섭 프로젝트, 전국의 동네서점들과 작가들을 잇고자 했던 회사 운영, 주로 신인 작가들의 책을 출간하는 출판사 정미소 창립 등에 이르기까지 그는 나름의 '축제 만들기'를 이어왔다. 여담이지만 나는 김민섭 작가와 '책장 위 고양이' 프로젝트라는 걸 한 적이 있는데, 다양한 작가들을 모아 축제하듯 글을 쓰고 뉴스레터를 발송하는 일이었다. 지금 생각해보면 그런 일들 하나하나가 모두 그의 '축제 열기'와 이어져 있다는 생각이 든다.

"몇 년 전부터 강릉에 살기 시작하면서 인근

중고등학교에서 강의할 일들이 있었어요. 그런데
아시다시피 서울이 아니면 이런 지역에서는 작가들한테
글쓰기 수업을 듣기가 쉽지 않거든요. 그래서
학생들에게 글쓰기 피드백을 해주는 식으로 글쓰기를
응원하면 좋겠다는 생각을 하게 되었어요. 또 이곳에
와서 여러 사서나 국어 선생님들과 친해지기도 했는데,
그분들과 모여서 글을 쓰거나 책을 만들면서 이 지역
사회에서 가치 있는 일을 하고 싶다는 생각을 하게
됐죠."

나는 그의 이야기를 들으면서 마치 내가 살고 싶
은 삶을 대신 살아주는 누군가의 목소리를 듣는 것만 같
았다. 나도 너무도 살아보고 싶지만, 차마 아직 용기 내
지 못한 삶을 그가 앞서 걸어가주는 듯하다. 언젠가 나도
꼭 그처럼 바닷가에 그런 작은 공간을 얻어 살고 싶다는
생각이 들었다.

"강릉으로 이주한 지가 이제 3년쯤 되는데 아이들이랑
바다에 자주 가요. 그런데 언젠가 둘째 아이가 보석을
주웠다고 들고 온 적이 있어요. 무엇인가 하고 보니
바다유리, 흔히 씨글라스sea glass라고 부르는 거였죠.
사람들이 버린 유리병이 마모되어 보석처럼 다듬어진

것이었어요. 요즘 둘째는 그 바다보석을 줍는 게
취미거든요. 많이 줍는 날은 수십 개씩 줍기도 해서 집에
수백 개가 쌓였어요. 서점을 열고자 했을 때,
문득 그 바다유리가 생각났어요. 책을 사는 분들에게
하나씩 드리면 어떨까 생각했죠. '당신의 강릉'에서
책을 사면 바다가 아주 조금 깨끗해진다, 그런 마음을
선물하면 좋을 것 같아요. 사는 사람도 무언가 조금 착한
일을 했구나, 내가 조금 좋은 사람이 됐구나, 그리고
나도 책을 팔아서 조금 좋은 사람이 됐구나, 그렇게 느낄
수 있다면 정말 좋을 것 같아요."

그는 삶을 동화처럼 물들이는 방법을 알고 있다.
그것은 일부러 동화처럼 삶을 꾸미는 게 아니다. 오히려
진심으로 타인과의 이어짐에 대해 고민해보는 것이다.
타인에게 어떤 마음을 선물해줄 수 있을지 고민하다보면
그 삶은 어느 정도 동화 같아진다. 왜냐하면 동화란 대개
우리가 현실을 알기 전, 현실보다 마음이 더 중요한 시절
의 이야기이기 때문이다. 이를테면 어느 동화에서는 인
간이 고기를 먹는 현실보다 동물의 마음이 더 중요한 것
처럼 말이다.
    나는 그가 만들어갈 축제를 계속 보고, 듣고, 알고
싶다. 그렇게 그가 삶으로 만들어낸 축제들이 동화처럼

사람들 사이에 퍼져나가고, 그의 정확하고 따뜻한 언어로 기록되는 일을 계속 보고 싶다. 하나 확신할 수 있는 건, 김민섭이 없는 세상보다는 김민섭이 있는 세상이 조금 더 나은 세상일 거라는 점이다. 마치 세상의 어느 마을이든 작은 축제가 없는 마을보다는 있는 마을이 더 나은 마을인 것처럼 말이다. 그는 또 누군가의 마음을 엮어낼 것이다. 그 마음은 또 이어질 것이고, 밤하늘의 별자리가 될 것이다. 늦은 밤, 응원가가 울려 퍼지는 야구장 위에 그 별자리는 언제까지고 자신의 자리를 지키고 있을 것이다.

윤성원

뉴스레터 '썸원' 대표의
당신과 함께하는 마음

내게는 만나면 기분 좋은 사람 리스트가 있다. 스피노자의 개념을 살짝 빌리자면 그런 사람을 만날 때마다 '코나투스(생의 활력, 힘)'가 증진된다고 할 수 있을 듯하다. 내게 뉴스레터 '썸원'의 윤성원 대표는 그렇게 만나면 기분 좋은 사람이다.

어째서 그럴까 생각해보았는데, 윤성원 대표 앞에서는 가식을 떨 필요도 없고, 대단한 척하거나 위선을 보일 필요도 없다. 그는 어딘지 사람을 솔직하게 만드는 힘이 있어서 곧장 허심탄회하게 고민을 이야기하기도 하고, 세상을 대하는 마음을 털어놓기도 한다. 아마도 그이유는 그가 가진 경청의 힘와 이해력이 아닐까 싶다.

뉴스레터를 시작하게 된 과정

'썸원'은 좋은 책이나 콘텐츠를 요약하고 추천하는 뉴스레터다. 좋은 콘텐츠를 널리 알리자는 생각에서 시작해 현재 구독자는 2만 명이 넘고, 5년째 꾸준히 성장하고 있다. 지금까지 1,100개 이상의 뉴스레터를 발행했는데, 온전히 윤성원 대표 혼자 운영하는 '1인 기업'이다.

> "어떤 일이든 주체적으로 하고 싶다는 생각이 있었어요.
> 아무래도 회사 안에서는 해보고 싶은 게 있어도 결재

라인도 복잡하고 여러 사람들을 설득시켜야 하는
문제가 있죠. 그러나 개인사업을 하면서는 생각나는
것은 곧바로 실행해볼 수 있다는 점이 참 좋아요.
시작도 그랬죠. 페이스북에 뉴스레터를 하겠다고
올리니 30명 정도의 구독자가 생겼어요. 그냥 그렇게
30명의 구독자 분들을 보며 시작해본 거였죠."

사람들은 흔히 패기 있고 멋진 '시작'을 자랑하려
고 하지만 내가 생각하는 진솔한 사람들의 '진짜 이야기'
를 들어보면 그런 시작이란 잘 없다. 진솔함을 안경처럼
장착하고 다니는 윤성원 대표의 이야기도 거창한 시작보
다는 자기의 마음을 따라 뻗어나간 한 걸음의 이야기에
가까웠다. 조심스럽게 하나씩 독립을 준비하며 재고 또
재던 나의 '독립 준비 기간'이 떠오르기도 했다.

당신과 함께하는 마음

시작도 중요하지만 요즘 시대에 더 중요한 것은
'꾸준히 이어가는 힘'이다. 윤성원 대표는 밥 먹듯이 '꾸
준함'을 강조하는 것으로 유명하다. 그의 SNS에는 꾸준
함에 대한 이야기가 상당히 '꾸준하게' 올라오며 실제로
그는 1,000편 이상의 뉴스레터를 '꾸준히' 발행해왔다.

"빈말이 아니라, 제가 꾸준히 할 수 있는 힘은 모두
사람에게서 나오는 것 같습니다. 구체적으로는 맴버십
회원분들 덕분이죠. 저희 뉴스레터 특징은 매달
맴버십 '수동 결제'를 해야 한다는 것인데, 처음부터
꾸준히 굳이 수동으로 결제해주신 회원분들이 없었다면
사무실 임대료도 내지 못했을 거예요. 그래서 저는
어제도 오늘도 맴버십 회원분들에게 좋은 콘텐츠를
제공하는 것만이 목표입니다."

성취에서 중요한 열정과 끈기로서 '그릿Grit'을 이
야기한 심리학자 앤절라 더크워스는 그릿을 가진 사람
의 중요한 특성으로 '목표 의식'을 이야기한다. 그런데 그
목표 의식은 오직 '나'만을 향하기보다는 '타인'들을 향할
때 더욱 강력하게 그릿이 이어지는 역할을 해낸다고 한
다. 그렇게 보면 자나 깨나 '맴버십 회원'을 생각하는 윤
성원 대표에게 꾸준함의 힘, 즉 그릿이 있어 보인다는 게
틀린 말은 아닐 것이다.

"저는 사실 거의 매일 나와서 일해요. 일종의
워커홀릭이죠. 뉴스레터를 발행한 지난 4년 동안
가족여행 한 번 외에 여행도 가지 않았어요. 맴버십
회원분들을 위해 사는 게 목표입니다. 그분들이

존재하기에 저처럼 맨땅에 헤딩한 사람도 뉴스레터를
이어갈 수 있는 거니까요. 사람들은 그냥 좋은 콘텐츠를
만들면 사업이 잘될 거라 생각하지만 제 생각은
다릅니다. 상대방에게 기여를 해야 해요. 실제로 그들이
좋은 삶을 사는 데 역할을 하는 사업만이 살아남습니다."

그의 삶은 묘한 선순환을 지니고 있는 듯 보였다.
'타인을 위하면 위할수록 그것이 나를 위하는 일'이 되는
선순환 말이다. 특히 그가 한 말 중 '진리'에 가깝다고 느
낀 말이 있었다. 바로 다음과 같은 말이다.

"저는 좋은 관계랑 좋은 콘텐츠를 꾸준히 경험하는 게
인생에서 정말 중요하다고 생각합니다."

이 말만큼 인생의 '진리'에 가까운 말이 있을까?
정말 그렇다. 좋은 인생은 좋은 관계와 좋은 콘텐츠를 꾸
준히 경험하는 것이다. 그를 통해 좋은 삶을 실현시켜나
가는 것이다.

진심을 따르는 다양한 실험의 장

"최근에는 맴버십 기반으로 여러 오프라인 모임도

열고 있습니다. 대표적으로 '아무 말 글쓰기 클럽'이랑
'콘텐츠 요약 클럽'이 있죠. 모여서 아무 말이라도
쓰면서 글쓰기 습관을 기르고, 좋은 콘텐츠를 보면서
요약해보자는 클럽입니다. 단순한 클럽 같지만 목적이
순수하고 오시는 분들이 훌륭해서 그런지 오래
이어지곤 합니다. 좋은 콘텐츠와 좋은 사람을 꾸준히
만나는 징검다리 역할을 해보고 있죠."

그의 시도가 인상적인 것은 최초의 방법에 매몰
되지 않는다는 점에 있다. 그에게는 보다 큰 신념 혹은
목적이 있고, 뉴스레터도 어떻게 보면 하나의 수단에 불
과하다. 그 '큰 목적'은 타인들을 연결하고 그들에게 좋은
삶을 제공하는 것을 즐기는 일이다. 그런 일을 자기 삶의
중심으로 만드는 것이다. 그런 관점에서 보면 그가 사람
들에게 좋은 콘텐츠뿐만 아니라 여러 좋은 경험들을 제
공하는 '징검다리' 역할을 하려는 게 무척 자연스러운 일
임을 알 수 있다.

"모임에 오시는 분들은 매우 다양해요. 직업도
세대도 말이죠. 저는 제가 생산자이고 오시는 분들을
소비자라고 생각하진 않습니다. 오히려 모두
창작자가 되고 생산자가 되어가는 일종의 '공진화'

모델을 만들고 싶습니다. 실제로 오시는 분들 대부분이 훌륭한 분들이에요. 각자 영역에서 성취를 거둔 분들이 많죠. 제가 배우는 게 더 많아요."

그는 시장에서 먹히기 쉬운 모델을 추구하기보다는 어렵더라도 진정한 관계를 추구하는 것처럼 보였다. 흔히 연애하기 좋을 것 같은 모임들, 단기간에 엄청난 걸 이루게 해주겠다고 호언장담하는 모임들이 범람하는 세상이다. 그러나 진실한 관계를 토대로 진정으로 '공진화' 하겠다는 모임은 드물다. 개인적으로 이 대목에서 크게 공감했다. 나도 글쓰기 모임을 열면서 모임원들과 함께 성장하고, 우정을 맺고, 동료가 되어가는 데 관심이 많기 때문이다. 실제로 내가 운영하는 뉴스레터 '세상의 모든 문화' 필진은 대부분 나와 함께 글쓰기 모임을 했던 작가들의 연대체다. 글쓰기 모임원들과 매년 '공저 프로젝트'를 하기도 한다.

"맴버십 회원분들은 제 일상의 거의 전부예요. '걷기 모임'을 2년째 하고 있기도 합니다. 한 달에 만나는 맴버십 회원분들만 50~60명 정도는 될 거예요. 저는 단순한 고객이나 소비자 관계가 아니라, 썸원이 하나의 유니버스로 살아 있는 생태계였으면 해요. 이

안에서 누군가 모임을 주최하거나 뉴스레터 콘텐츠를

생산할 수 있죠. 실제로도 그렇고요. 그렇게 밀도 높은

네트워크가 되고, 사람들이 서로 깊이 연결되길 바라요."

그에게는 일 따로 사생활 따로라는 요즘 식의 '워크 앤 라이프' 분리가 없어 보였다. 관계도 직장 동료 따로, 친구 따로가 아니었다. 그것이 가능한 이유는 그가 자신의 일을 진정으로 사랑하기 때문이 아닌가 싶다. 자신의 일, 그로 연결되는 사람, 그로써 구축되는 관계와 공동체 모두가 그에게는 '하나'였다. 그것이 아마도 그가 가진 삶의 힘이 아닌가 싶다.

"저에게는 꿈이 하나 있어요. 누구보다 뉴스레터를

많이 발행한 사람이 되는 거죠. 세상에서 가장 오랫동안,

가장 많이 발행하는 사람이 되는 게 꿈입니다."

내게는 무척 멋진 꿈처럼 느껴졌다. 나의 버전으로 바꾼다면 평생 죽을 때까지 글을 쓰는 것, 세상에서 가장 꾸준히 글을 쓰는 사람이 되는 것이라고 할 수 있을지도 모르겠다. 백발 지긋한 노인이 되어 어느 바닷가 오두막에서도 여전히 글을 쓰다가 죽는 것이 내게도 꿈이라면 꿈이 될 수 있을 것이다.

조이스 박

작가의 나의 길을 떠나는 마음

"저는 어릴 적에 동화나 시, 환상문학 같은 것들을 좋아했어요. 사실 어린 시절에 뭘 했냐고 하면 책 읽는 것밖에 안했던 것 같아요. 그렇게 책만 읽으며 지내서 그런지, 사춘기 때는 제 내면과 외면 사이의 간극이 너무 먼 게 고민이었어요. 청년 시절에도 신촌 거리를 걸어다니면 온 세상이 나와 유리되어 둥둥 떠다니는 것만 같았거든요. 제 안에는 항상 꿈 같은 이야기들이 있었어요."

조이스 박 작가는 지난 20년 이상 대학과 여러 기관에서 영어를 가르치면서, 80권 이상의 번역서와 직접 쓴 책을 출간했다. 최근에도 여러 세계의 명작 동화 등을 본인만의 관점에서 분석한 에세이 《숲은 깊고 아름다운데》를 썼다. 이번 인터뷰에서 내가 깜짝 놀랐던 것은 그가 20여 권의 '영어 동화'를 직접 쓰기도 했다는 점이었다. 그는 한평생 이야기를 진심으로 사랑한 사람이었다.

"그래서 청춘 시절 저의 중요한 고민은 어떻게 나의 '내면'을 깨고 저 '외부' 세계로 나갈 수 있을까 하는 것이었어요. 그럴 때 정말 중요한 게 제 안에 있던 이야기들 자체였어요. 제가 사랑했던 이야기들을 보면, 결국 어떻게든 자기 세계를 깨고 나가는 이야기들이 많거든요. 《노르웨이의 검은 황소》를 보면, 왕자가 떠나고 유리계곡 밑바닥에 버려진 여자가 유리절벽을 오르는 이야기가 나와요. 7년 동안 대장장이가 절벽을 오를 수 있는 신발을 만들어주는데, 다소 잔인하게도 신발을 발에 박아서 오를 때마다 피가 나오죠. 그렇지만 결국 그렇게 갇힌 세계를 '깨고' 나가는 거예요."

나는 그의 마음속에 있는 여러 이야기들이 삶에서 한 역할을 이해할 수 있을 것 같았다. 흔히 사람들은 작가의 어린 시절이 책벌레 시절일 거라고 생각하곤 한다. 그러나 나는 어릴 때 책보다는 만화를 훨씬 좋아했다. 그래서 살아가면서, 나를 만화 주인공이라 생각하며 용기를 내거나 꿈을 좇고자 했던 내면의 순간들이 명료하게 있었다. 그런 이야기를 실제 '책' 속에서 길어내어 자기 마음의 힘으로 삼은 조이스 박 작가가 나보다 더 '작가답게' 느껴지기도 했다.

"어린 시절 접한 강력한 이미지들은 평생 동안 다시 돌아와 만나게 되는 것 같아요. 저는 아직도 환상적인 꿈들을 많이 꿔요. 특히 삶에서 어떤 위기의 순간을 접하면, 그 시절 이미지들을 실제로 꿈꾸기도 해요. 그 시절 진심으로 사랑했던 이미지들이 계속하여

저와 삶 사이에 다리를 놓아주고, 저를 이끌어주는 것
같아요."

　　한 사람을 이해하는 방식은 다양하다. 어린 시절
의 상처나 트라우마를 들어볼 수도 있고, 그가 유난히 느
끼는 결핍을 생각해볼 수도 있다. 그런데 한 사람을 이해
하는 특별한 방식이 또 하나 있었다. 그 사람이 어린 시
절 푹 빠져 사랑했던 이미지들에 대해 듣는 것이다. 상상
과 환상을 사랑하는 어떤 사람은, 실제로 그런 상상과 환
상이 이끄는 길을 따라 삶을 산다. 때론 그 이미지들이
삶을 구한다. 어쩌면 우리는 자각하고 있지 못할 뿐, 모
두 저마다의 이미지를 따라 유영하고 있을지도 모른다.

나는 나의 길을 떠날 거야

"어릴 때 동화를 보면 주로 남자가 떠나고, 여자가
기다리는 이야기들이 많았어요. 그런 이야기들을
보면서 나는 그 누군가의 '고정 좌표'로 머물면서
기다리진 않을 거야, 생각했죠. 대신 내가 떠나고
싶었어요. 내가 세계를 돌면서 나의 이야기를 만들
거야, 생각한 거죠."

조이스 박 작가는 어릴 적부터 동화와 문학을 사랑했지만, 그 모든 이야기들을 '그대로' 받아들이지는 않았다. 어린 마음에도 적극적이고 개입적인 '읽기'가 있었던 것 같다. 여자라고 해서 공주에만 이입하는 식이기보다는, 오히려 그 이야기 속에서 가장 매력적인 인물을 바라보고, 그 인물의 '이야기'를 따라갈 수 있기를 바랐던 듯하다.

살아가면서 우리를 하나의 주체로 만드는 건 이런 적극적인 읽기가 아닐까 싶다. 우리 안에는 정확히 무어라 말할 수 없는 우리 자신만의 취향, 성향, 영혼 같은 것이 있다. 관건은 우리가 같은 이야기를 읽더라도, 그런 내 안의 '무언가'와 만나는 방식으로 읽는 것이다. 같은 만화를 보더라도, 그 속에서 유난히 몰입하게 되는 인물이 있을 수 있다. 남들이 뭐라고 하든 우리는 바로 그런 '나만의 인물'의 이야기를 따라가면서 나 자신이 된다.

"제가 대학교에 들어갈 무렵, 우리나라에서 해외여행 자유화가 되었어요. 요즘은 해외여행이 너무 쉽지만, 사실 그리 오래된 일이 아니죠. 그러면서 그렇게 상류층 자제도 아닌 80년대 학번 선배 언니들이 한둘씩 스스로 벌어 유학을 가기 시작하는 거예요. 그때 선배 언니들이 했던 말이 '개같이 2년만 벌어서' 유학을 가라는 것이었죠."

조이스 박 작가 역시 부모가 아무 부담 없이 유학을 보내줄 수 있는 '상류층 자제'는 아니어서, 스스로 벌어서 유학을 가겠다는 생각을 갖기 시작했다. 어릴 적부터 이어온 영문학에 대한 사랑으로 영어권 유학을 준비할 때, 그는 한 외국인 신부가 담당했던 강의를 만나게 된다. 강의 제목은 '세계의 여자 시인 특강'이었다.

"그 특강에서 에이드리언 리치에 대해 듣게 되었어요.
그녀의 남편은 하버드대학 교수였고, 아이는 셋이었죠.
그러나 그녀는 그 교수 부인의 자리를 놓고 가정에서
뛰쳐나와요. 그리고 한 강의에서 여자 교수들이 앞에
앉아 있는데 이런 말을 하죠. '너희는 다 토큰 우먼token
women이다.' 무슨 말이냐면, 아버지의 서재에서,
아버지의 돈으로 성공해서 사회에서 필요로 하는
'여자 교수' 자리의 머릿수나 채워주는 존재들이라는
것이었죠. 그 이야기를 듣고, 무척 충격을 받아서 저도
부모님의 돈이 아닌 제 돈으로 공부하겠다고 다짐했죠."

세상을 자기 힘으로 여행하는 것이 그가 어린 시절, 그리고 청년 시절 접한 이야기로부터 얻은 그의 삶의

태도였다. 내가 가장 감명 깊게 느낀 지점도 이 부분이었다. 조이스 박 작가를 알게 된 이후 그의 활동을 보면서, 그가 어떤 소속이나 다른 누구에게 의지하지 않고 자기만의 길을 걸어가는 걸 나는 늘 인상적으로 느꼈던 터였다. 그의 내면에는 어떤 이야기의 힘, 말의 힘이 있었고, 그것이 그를 지지 않게 만들었다.

그는 그렇게 국내 대학원에서 공부하면서 기업 출강 등을 다니며 '개같이' 벌었고, 그 돈으로 영국으로 떠나 공부를 했다. 당시는 IMF 시절이라 가는 것이 더 망설여졌지만, 그래도 자기 안의 이야기의 힘을 믿고 떠나기로 마음먹었다. 살아가면서 우리는 주변 사람의 조언과 응원, 부모의 돈, 함께 떠나는 반려자 등 여러 종류의 힘을 얻어 길을 간다. 그 중에서 '이야기'의 힘 또한 결정적이라는 것은, 다른 어떤 동물도 지니지 못한 인간만의 신비가 아닐까 싶다.

앞으로 써나갈 이야기들

조이스 박 작가는 2023년부터 《조이스 박의 챗GPT 영어공부법》, 《초등 기적의 AI 공부법》(공저), 《DEI 시작하기》(공저) 등 최근 사회문화적으로 가장 이슈가 되는 영역의 책들을 부지런히 출간했다. 안주하거나 머무를 수도 있겠지만, 그는 우리 시대의 기술 발전을 쫓아 부지런히 자기의 세계를 개척해나가는 일을 멈추지 않았다.

"저는 커뮤니케이션에 관심이 많아요. 기술 발전이
인간의 커뮤니케이션 발전을 어디까지 데려갈 것인가,
이런 게 요즘 저의 관심사라고 할 수 있죠. 저는
기본적으로 개인주의자이고 '나'라는 개인이 충만한
삶을 사는 것이 목표예요. 그런데 인간 존재의 의미는
혼자 살 때가 아니라 더불어 살 때 찾을 수 있죠. 저는
기술 발전이 인간의 커뮤니케이션에 기여하고, 더불어
사는 삶에 영향을 미치면서, 개인의 풍요로움에도
기여할 수 있다고 믿어요."

조이스 박 작가는 최근 삶이 많이 좋아졌다고 말했다. 무엇보다 자기의 특별함에 집착하기 보다는, 그저 자기가 하고 싶은 일들을 해나가기 때문이라고 했다. 나의 '특별한 자아'에 집착하기보다는 읽고, 쓰고, 가르치면서 타인과의 더불어 사는 삶에 집중하자 '자아의 고통'이랄 것에서 많이 벗어날 수 있다고 말한다.

"저는 대학생을 가르칠 때면 그런 말을 해요. '나는
내 슬픔이나 아픔보다 더 큰 존재'라고 말이죠. 내

슬픔이나 아픔, 고통이 나를 정의하게 하면 안 된다고요.
20~30대는 치열하게 애쓰면서 살 텐데, 자기가
부딪히는 현실보다 자기 자신이 더 큰 존재라는 걸
자각할 필요가 있어요. 내 안의 고통이나 눈앞의 현실에
집착하기보다는 더 큰 나를 믿을 필요가 있어요."

'더 큰 나'를 믿는다는 것은 곧 내 삶을 이야기로
본다는 것과 같은 말이라는 생각이 들었다. 우리는 눈 앞
의 현실에 전전긍긍하고, 내게 주어진 고통에 집착하며
하루하루 살아간다. 그러나 우리가 '더 큰 나'라고 스스로
를 믿을 수 있다면, 그래서 나를 보다 높은 곳에서 내려다
보며 나의 이야기를 그려나갈 수 있는 존재라고 스스로
상상할 수만 있다면, 우리는 더 나은 삶을 살지도 모른다.

"영국에서 유학할 때, 내가 나를 계속 키워나갈 것인가,
나를 포기하고 한 남자를 택할 것인가 하는 고민을
했던 적이 있어요. 그때 묘한 꿈을 꾸었죠. 꿈에서
임신한 여자가 광야를 힘들게 걷다가 작은 나무 아래
앉았어요. 그러다 한 음성을 듣게 되죠. '너는 무엇을
할지 생각하지 말고 이 여자가 앉아 있는 저 나무를
봐라. 나뭇잎이 황금빛으로 빛나면서, 이 나무는
어디에도 가지 않고 무엇도 하지 않지만 천천히 자라지

않느냐.' 이 꿈은 제게 어떤 선택보다도 그저 나의 자리에서 황금 잎사귀를 빛낼 수 있는 존재가 되라고 말하는 것 같았어요. 거기에 풍요로운 삶이 있다고요."

조이스 박 작가는 저서 《숲은 깊고 아름다운데》에서도, 그리고 인터뷰에서도 일관되게 "모든 사람은 자기 몫의 광야를 걷는다"라고 말했다. 우리는 다들 저마다의 사막을 걸어간다. 그러나 그 사막은 뜨거운 모래와 햇빛, 고통과 땀으로만 점철돼 있지 않다. 오히려 그 가운데에는 각자의 '작은 나무'가 한 그루씩 있을 것이다.

우리는 어느 날, 내 길의 그 작은 나무를 찾아 기대어 나의 사막이 키운 나의 나무를 바라보게 될 것이다. 그 나무는 내가 흘린 땀과 마음으로, 나의 풍요로움으로 정의된 빛깔을 지닐 것이다. 우리는 저마다 각자의 이야기를 쓴다. 필요한 건 평생 그 사실을 잊지 않고 자기만의 이야기를 써가는 마음이다.

박소정

'녹색광선' 대표의
자기 세계를 만드는 마음

"5년만 더 일찍 창업했으면 좋았을 걸, 하고 자주
후회해요. 그만큼 지금이 제 삶에서 가장 좋아요."

지금까지 인터뷰를 하면서 처음 들은 이야기였
다. 창업 5년 차, 녹색광선 출판사 박소정 대표가 한 말이
다. 그는 17년 동안 회사를 다니며 주로 인사 분야 업무
를 다루었다. 그러다가 약 8년 전 퇴사를 하고 2년 반 동
안 출판사 창업을 준비했다. 그렇게 홀로 시작하여 이어
가고 있는 출판사는 그에게 하나의 세계가 되었다. 그는
지금이 삶에서 '가장 행복한' 시절이라 이야기했다.

"지금은 회사 다닐 때와 달리 시간이며든 일정이든
제가 통제하고 자율적으로 계획할 수 있어서 좋아요.
이게 제게는 행복의 요인 같아요. 저도 제가 이렇게
'일'을 좋아하는지 몰랐어요. 창업하기 전에는 너무
오랫동안 용기를 못 냈죠. 거의 20년을 회사에서
일했으니까요. 지금 생각해보면 왜 그렇게 두려움이
컸었나 싶어요. 무언가 나의 일을 하고 싶다는 마음은
계속 있었는데, 그냥 스스로를 신뢰하지 못했던 것
같아요. 나의 유능함도 믿을 수 없었고요. 1, 2년
창업에 도전해본다고 커리어가 치명적으로 망가지는
것도 아닌데."

두려움을 이겨내고 용기를 낸 사람 앞에 있으면, 그 용기를 수혈받는 느낌이 든다. 용기란 애초부터 용기 있게 태어난 사람의 전유물이 아니다. 오히려 진정한 용기란 누구나 마음 가득 가지고 있는 두려움에도 불구하고 그 두려움을 넘어서는 곳에 있다. 내 앞에는 용기를 내고, 한 번 뿐인 삶에서 '자기의 세계'를 만들어나가는 사람이 있었다.

자기의 세계를 만드는 마음

박소정 대표가 혼자 운영하는 녹색광선 출판사는 최근 출판계에서 떠오르는 '루키'로 알려져 있다. 매년 단군 이래 가장 어렵다는 출판업계이고, 최근에는 자기계발서나 AI 관련 도서 등 트렌드에 따르지 않으면 신간도 아예 팔리지 않는다는 아우성이 넘쳐난다.

그럼에도 녹색광선은 '오로지' 고전 문학만을 출판하는데도, 출간하는 책이 대부분 5쇄 이상을 찍었고, 《감정의 혼란》, 《패배의 신호》 등 1만 부 이상의 베스트셀러도 다수 존재한다. 알베르 카뮈의 《결혼, 여름》은 주요 서점 종합 베스트셀러 10위 내에 오랫동안 머물며 현재는 스테디셀러로 자리 잡았다.

"'녹색광선'은 프랑스 영화감독인 에릭 로메르의
영화 제목이에요. 남들하고 잘 못 섞이는 델핀이라는
여주인공이 나오는데, 그녀는 언젠가 자기와 취향이
딱 맞는 사람을 만날 거라고 믿고 있죠. 그리고 그
사람을 만나면 녹색광선을 볼 수 있을 거라는 낭만적
믿음을 갖고 있어요. 그녀는 영화 내내 트러블을 겪다가
마지막에 소설을 읽는 남자를 보게 돼요. 그리고
그에게 같이 바다에 가서 녹색광선을 보자고 제안하죠.
둘은 바다로 가고, 수평선에서 녹색광선을 보게 돼요."

박소정 대표는 20대 시절, 이 영화를 무척 좋아해
서 여러 번 반복해서 봤다고 했다. 출판사를 만들고자 했
을 때 바로 이 영화가 떠올랐다. 그는 '좋은 책은 녹색광
선처럼 흔치 않은 것이다. 그렇지만 이 흔치 않은 좋은
책을 사람들이 발견하며, 녹색광선을 보면 좋겠다'라는
생각을 했다고 한다. 그의 이야기를 들으면서, 삶이란 그
자체로 '자기만의 취향'을 찾고, 만들고, 지켜나가는 여
정이 아닌가 생각했다.

"저는 제 기준에 아름답다고 느끼는 '나의 세계'를
만드는 것에 가장 큰 재미를 느껴요. 사무실, 집, 출판사
이름, 책 하나하나의 디자인 등 발 닿는 모든 것들을

나의 세계로 만드는 게 좋아요."

삶이란 대개 타인들의 세계를 건너다니는 일이다. 타인들이 만든 것을 소비하고, 타인의 욕망을 욕망하며, 우리는 '나의 삶'이지만 '타인들이 만들어놓은 세계'를 산다. 그러나 박소정 대표는 한 번뿐인 삶을 자기의 세계로 물들여가고자 단단히 마음먹은 사람처럼 보였다. 그것은 꼭 내가 살고 싶은 삶이기도 했다. 자기만의 세계를 자기만의 방식으로 만들어가는 것, 그렇게 '자기 자신'으로 사는 여정을 이어가고 있는 그의 삶은 누구에게나 영감을 주기에 충분해 보였다.

서사형 인간이 자기만의 이야기를 쓰는 법

"출판사를 하고 싶다고 했을 때, 제가 아는 한 거의
모든 사람들이 반대했어요. 요즘 출판 시장 어렵다,
1인 출판사가 '고전'이라니 말도 안 된다, 그런
이야기를 많이 들었죠. 그렇지만 저는 어렸을 때부터
세계문학전집을 좋아했고, 저에게는 책을 보는 안목이
있다고 믿었어요. 세월을 이겨낸 가치가 보장된
고전에서 녹색광선을 보는 사람이 있을 거라 생각했죠."

박소정 대표는 아름다움과 예술에 대한 관심으로 고전 문학을 택했다. 그것은 다분히 그의 취향에 따른 일이기도 했다. 거기에 그는 자기만의 감각으로 디자인을 하겠다고 마음먹었다. 초기 녹색광선 책의 표지는 박소정 대표가 대부분 직접 그리기도 했을 정도였다.

> "저는 책이 일종의 사치재라고 생각해요. 돈보다 책을
> 읽는 데는 귀중한 시간을 내어야 하기 때문이죠.
> 요즘에는 시간을 내는 것 자체가 사치인 시대니까요.
> 그래서 그에 걸맞는 장정이 필요하다고 생각했어요.
> 무엇보다 좋은 디자인을 통해 좋은 물성을 가져야
> 하고요, 내용도 충분히 오래 두고 볼 만큼 가치 있어야
> 한다고 믿어요. 고전은 내용에 있어서는 그 가치에
> 의심의 여지가 없죠. 역자님과도 굉장히 많은 토론을
> 거쳐 최적의 번역본을 만들려고 해요."

　　녹색광선의 책은 유독 인스타그램 등 SNS에서 '책이 예쁘다'는 이야기가 많다. 아이유, 박정민, 공효진 등 연예인들이 녹색광선의 책을 읽는 모습이 SNS나 방송에 나와 더 유명해지기도 했다. 내가 느낀 것은, 그가 책의 한 글자 한 글자 내용에서부터 책의 질감, 표지 디자인, 역자 선택, 나아가 매번 출간되는 책들 간의 관계

와 일관성, 사무실 디자인 등에 이르기까지 모든 것을 하나의 '세계'로 만들어가는 것 같다는 점이었다.

출판사 성공을 위한 법칙 같은 게 있는지 모르겠지만, 내가 느낄 때 박소정 대표는 대규모 출판사를 만들기 위한 대성공의 길을 의식적으로 지향하고 있는 것 같지 않았다. 오히려 그는 그저 자기가 믿는 세계를 만들고 있었다. 독자들은 바로 그가 만들어낸 그만의 독창적인 세계에 감응하고 있었다. 그는 그냥 출판사 대표라기보다는, 자기의 세계를 만드는 또 하나의 창작자, 기획자처럼 보였다. 그리고 그것이야말로 박소정 대표가 지닌 '행복'의 비결이 아닐까 싶었다.

"저는 서사적 인간이에요. 제 삶에, 제가 하는 일에
서사를 부여하는 걸 좋아하죠. 그래서 저는 집도,
사무실도, 출판도 모두 저의 세계로 만드는 게 좋아요."

서사형 인간은 자기의 세계를 만든다. 그리고 그렇게 자기 세계를 만드는 일에서 행복을 얻는다. 그는 자기 삶의 이야기를 씀으로써 행복을 발명하는 사람이다. 그는 자기의 녹색광선을 발명하는 사람인 것 같았다.

박소정 대표는 책 출간하는 과정 전체를 페이스북 등 SNS에 공개하기도 한다. 나도 페이스북을 통해 그를 알게 되었다. 그는 SNS를 통해 다음 책 기획에 대한 고민을 공유하기도 하고, SNS 친구가 소개해준 작품을 검토하여 출간하기도 했다. 책 출간 전 작가에 대한 다양하고 흥미로운 이야기들을 올리면서 자연스럽게 주변 사람들의 흥미를 끈다. 실제로 책이 출간되면 그 과정에 참여한 많은 이들이 호응하여 초기 판매를 이끌어주기도 한다.

그렇게 보면 그는 자기의 세계를 만들면서도, 그 세계를 타인들에게 진솔하게 소개하며 더 즐거운 삶을 살아가는 것처럼 보인다. 그는 자기의 세계를 만들지만 자기 안에 갇힌 폐쇄적인 세계를 만드는 건 아니다. 오히려 처음부터 끝까지 모든 여정에 타인들을 초대하는 세계를 만들어가고 있었다.

때로 우리는 타인들의 평가를 의식하며 완성된 것들만을 타인들에게 내보이고 싶을 수도 있다. 때론 진솔하게 삶의 여정을 공개하는 것이 어딘지 두렵거나 부끄러워서 꽁꽁 숨긴 채 살아가기도 한다. 그러나 자기 세계를 만드는 것에 대한 믿음, 그리고 그 세계에 초대하는 타인들에 대한 믿음이 있다면, 우리는 더 솔직하고 행복한 여정을 만들어갈 수 있을지도 모른다. 그 진솔한 여정의 산 증인으로 박소정 대표가 있다.

사람을 남기는 사람

© 정지우

1판 1쇄 2025년 1월 13일

지은이 ♦ 정지우

펴낸이 ♦ 고우리

펴낸곳 ♦ 마름모

등   록 ♦ 제 2021 - 000044호 (2021년 5월 28일)

팩   스 ♦ 02-6488-9874

메   일 ♦ marmmopress@naver.com

블로그 ♦ blog.naver.com/marmmopress

인스타그램 ♦ @marmmo.press

ISBN ♦ 979-11-94285-03-8 (03810)

평행하는 선들은 결국 만난다 ♦ 마름모